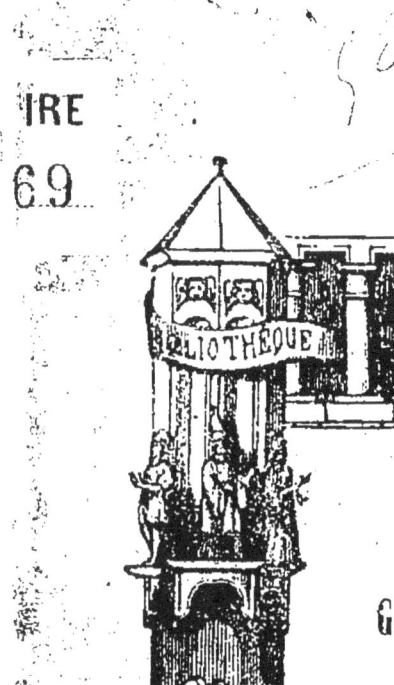

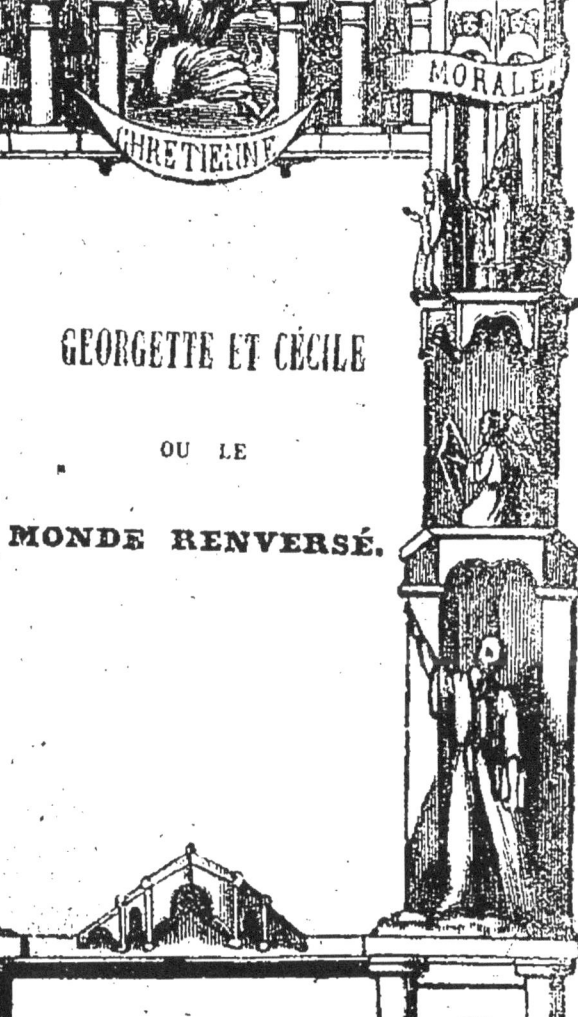

BIBLIOTHÈQUE MORALE CHRÉTIENNE

# GEORGETTE ET CÉCILE

OU LE

## MONDE RENVERSÉ.

LIMOGES.

BARBOU FRÈRES, ÉDITEURS.

# BIBLIOTHÈQUE

# CHRÉTIENNE ET MORALE,

Approuvée

PAR MONSEIGNEUR L'ÉVÊQUE DE LIMOGES.

—

## 2<sup>me</sup> SÉRIE.

Tout exemplaire qui ne sera pas revêtu de notre griffe sera réputé contrefait et poursuivi conformément aux lois.

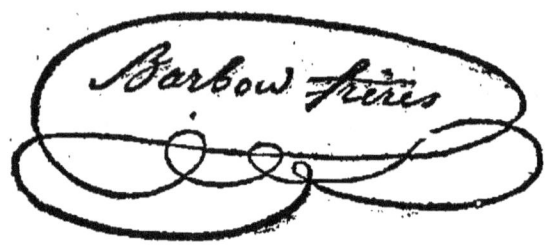

# GEORGETTE ET CÉCILE

## OU

# LE MONDE RENVERSÉ,

### COMEDIE EN UN ACTE.

Limoges.
BARBOU FRÈRES, ÉDITEURS.

# GEORGETTE ET CÉCILE

OU

## LE MONDE RENVERSÉ,

SUIVI DE

# MARY ET ANNA

OU

## LA JALOUSIE,

COMÉDIES EN UN ACTE.

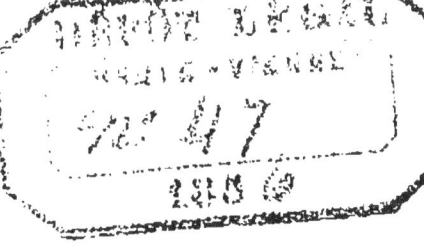

LIMOGES.

BARBOU FRÈRES, IMPRIMEURS-LIBRAIRES.

1856

# PERSONNAGES :

Madame VERTBOIS, appelée madame de Val-
court.
GEORGETTE, sa fille.
La baronne de SAINVILLE.
La marquise d'EROLLES.
Madame de MONTÉZA.
JULIE, femme de chambre.
CÉCILE, ouvrière.

# SCENE PREMIÈRE.

MADAME VERTBOIS *seule; elle tient un livre dans ses mains.*

Dam! c'est quelque chose de bien fatigant que de commencer son éducation à l'âge de cinquante ans! Voilà toute une matinée que j'étudie cette vilaine grammaire, et je n'ai pu encore en retenir quatre mots; à mesure que j'en apprends un, j'oublie aussitôt les trois autres. (*Appelant.*) Georgette! Georgette! Elle lit, elle étudie. Qu'elle a de l'esprit, ma fille! Que je suis heureuse d'avoir un enfant comme celui-là! Georgette! viens donc, que je veux te dire quelque chose.

## SCÈNE II.

### MADAME VERTBOIS, GEORGETTE.

#### GEORGETTE.

Maman, si vous saviez combien je souffre, à voir que vous vous serviez toujours d'expressions aussi abjectes ! Comment se fait-il que votre esprit ne puisse point s'élever à la hauteur de notre époque, et que vous vous plaisiez à croupir ainsi dans une excentricité qui vous prive ainsi de toutes les connaissances !

MADAME VERTBOIS.

Dam ! je fais bien tout ce que je peux pour m'éduquer, mais...

GEORGETTE.

O ciel ! que de fautes contre la langue ! Je ne puis plus y tenir !...

MADAME VERTBOIS.

Ma pauvre Georgette, ne te fâche pas, je tâcherai de mieux parler.

GEORGETTE.

*Ma pauvre Georgette !* c'est le dernier excès où l'on puisse tomber dans l'oubli des règles de la conversation ! Ne vous souvenez-vous pas que vous avez pour toujours renoncé au nom trop bourgeois de madame de Vertbois, que vous portiez à Arcis-sur-Aube, et que vous lui avez substitué celui beaucoup plus noble de madame de Valcourt, qui est tout-à-fait en rapport avec notre fortune, et que

moi j'ai pris celui de Déidamie, nom si doux,
si harmonieux !...

MADAME VERTBOIS.

Comment dis-tu ?

GEORGETTE.

Déidamie.

MADAME VERTBOIS.

Dami ! Dami !

GEORGETTE.

Déidamie !

MADAME VERTBOIS.

Didami... Dédami... écoute, je l'étudierai
quand je serai seule, et je t'appellerai comme
ça devant le monde ; mais, entre nous deux,
je serai toujours madame Vertbois, et toi
mademoiselle Georgette. Allons, il faut que
tu m'obéisses, parce que je suis la mère,
entends-tu ?

GEORGETTE. (*Elle pousse un soupir.*)

Permettez-moi au moins d'aller jeter un
coup d'œil dans l'antichambre, pour éloigner
de ces lieux les oreilles délicates qui pour-
raient se scandaliser de vous voir blesser si
ouvertement les règles de la grammaire et
les usages reçus dans le grand monde.

MADAME VERTBOIS.

Va; va, je ne suis pas si scrupuleuse, et je
ne me fais pas de cas de conscience à si bon
marché. J'ai d'autres soucis par la tête !
Ah! pauvre madame Vertbois, que n'es-tu
encore à Arcis-sur-Aube?... Eh bien! n'as-tu
pas fini? Est-ce que je ne peux te parler?

GEORGETTE.

Permettez-moi une légère observation : si
vous passiez un instant dans votre boudoir
pour imprimer un tour plus gracieux à
votre toilette, nous pourrions ensuite traiter
convenablement des affaires importantes
que vous avez à me communiquer.

MADAME VERTBOIS.

Ecoute, Georgette, tu m'impatientes avec
toutes tes simagrées; je n'ai pas tant d'esprit
que toi, mais je vois bien, au train dont
vont les choses, que ça ne pourra pas durer
long-temps.

GEORGETTE.

Que voulez-vous dire, maman, par cette
phrase ambiguë?

MADAME VERTBOIS.

Je veux dire... je veux dire... que j'ai

dépensé bien de l'argent depuis trois mois que je suis riche, et que pour finir l'année il y en a encore neuf à passer.

GEORGETTE.

Est-il possible que vous exaltiez ainsi votre imagination? On ne compte pas ainsi dans le grand monde. Je vois même ici beaucoup de gens qui dépensent plus qu'ils n'ont.

MADAME VERTBOIS.

Ah! ah! et ils finissent par se ruiner. Ma foi, je ne comprends pas comment les gens comme il faut font leurs affaires, mais, à mon compte, j'étais plus riche avant mon héritage qu'à présent. Oui, quand nous étions marchands de merceries à Arcis-sur-Aube, et que je mesurais des lacettes ou des rubans de fil toute la journée. Ah! pauvre Jacques, pourquoi avais-tu la langue si longue?

GEORGETTE.

De qui voulez-vous donc parler?

MADAME VERTBOIS.

De Jacques, ton oncle, l'ancien valet de chambre de M. de Sauvigny.

GEORGETTE.

Mon oncle !... valet de chambre !... O ciel !
que dites-vous là ?... si l'on venait à nous
entendre...

MADAME VERTBOIS.

Ah ! est-ce que tu voudrais renier tes
parents ? Aurais-tu perdu la mémoire ? ne
sais-tu pas que cet héritage que nous avons
fait devait revenir à madame d'Erolles, nièce
de M. le marquis de Sauvigny ; un original,
à ce qu'on dit, car je ne l'ai jamais vu. Cette
demoiselle n'avait pas de fortune ; son oncle
l'avait mariée dans la maison ; ça allait bien ;
quand, un beau jour, il lui prit fantaisie de
les mettre dehors. Ils sont allés dans un certain pays dont je ne me rappelle pas le nom,
mais loin... bien loin... tellement qu'on en a
plus entendu parler. M. de Sauvigny avait
pris pour règle de ne jamais faire comme
les autres. En conséquence, il n'a rien laissé
en mourant ni à ses parents ni à ses amis.
Il voulait trouver quelqu'un qui n'eût jamais
eu l'occasion de le flatter. On dit qu'un jour
Jacques, en le coiffant, tâchait de se faire
bien venir par de bonnes paroles ; le vieux

marquis s'amusa à le faire jaser. Il lui fit
raconter toutes les histoires de son pays et
de sa famille; et lorsque celui-ci fut arrivé à
madame Vertbois, marchande de merceries
à Arcis-sur-Aube, il l'interrompit en s'écriant:
« Ah! le beau nom! ah! le beau nom! La
charmante famille! Jacques, donne-moi mes
lunettes! J'ai ce qu'il me faut.» Et il nous
coucha tout du long sur son testament. Voilà
ce qu'on m'a raconté; je ne sais pas si c'était
pour me faire un compliment. Tant il y a
qu'il nous a instituées ses uniques héri-
tières. Mais il s'y trouve un certain article
qui, toutes les fois que j'y pense, me donne
la colique: c'est que si la marquise d'Erolles
revenait, il faudrait lui rendre son bien.

### GÉORGETTE.

Ah! maman! quelle terreur panique! Elle
est morte et archi-morte, cette dame.

### MADAME VERTBOIS.

Tu crois?

### GÉORGETTE.

Il serait ridicule d'en douter; mais nous
pourrions choisir pour nos entretiens un
sujet plus intéressant.

#### MADAME VERTBOIS.

Ma foi, je crois que ça t'intéresse bien, cinquante mille francs de rentes! C'est toi seule qui en profites, et tu nous fais aller d'un train... Enfin, ça t'amuse. Pour moi, si ce n'était les beaux compliments que l'on t'adresse et ceux que j'attrappe moi-même par ricochets, il y a long-temps que je ne serais plus ici.

#### GEORGETTE.

Quel est donc le motif d'un mécontentement aussi étrange?

#### MADAME VERTBOIS.

C'est que je m'ennuie dans ce pays.

#### GEORGETTE.

Comment! vous avez tout ce que vous pouvez désirer. Voulez-vous sortir? plusieurs voitures sont à votre disposition.

#### MADAME VERTBOIS.

Dam! j'aimerais bien mieux me servir de mes deux jambes! elles sont bien plus solides, grâces à Dieu, et bien plus commodes que ces espèces de vol-au-vent, dans lesquels les gens comme il faut se font charier et où j'ai toujours peur de me rompre le cou.

GEORGETTE.

Vous avez quantité de domestiques à vos ordres.

MADAME VERTBOIS.

Que trop. Ils sont toujours à mes trousses pour me donner les choses dont je n'ai pas besoin et pour m'empêcher de prendre celles qui me sont nécessaires.

GEORGETTE.

Une société brillante.

MADAME VERTBOIS.

Oui, avec mon argent; ils m'empruntent toujours, et ne me rendent jamais.

GEORGETTE.

Des fêtes qui se multiplient sous vos pas,

MADAME VERTBOIS.

Avec mon argent encore, et tout cela pour m'ennuyer.

GEORGETTE.

Enfin une fille aimable, spirituelle, et qui, sans me flatter, je crois, vous fait honneur.

MADAME VERTBOIS.

Ah ! ça, c'est vrai, tu as tout l'esprit de la famille. Je n'aurais jamais cru que tu fisses tant de progrès en trois mois de temps.

Quand je pense cômme tú étais bête à Arcis-sur-Aube... A présent, quand tu parles, je t'admire ; tu as des phrases si entortillées que je n'y comprends rien, et je vois bien qu'avec toi, tous les autres sont des imbéciles. Viens, que je t'embrasse !... Va, va, je ferai toujours tout pour te faire plaisir.

GEORGETTE (*d'un air content.*)

Eh bien ! maman, il faudra penser à notre dîner de ce' soir ; vous savez que nous devons avoir une société brillante ; ce qui nécessite une toilette analogue.

MADAME VERTBOIS.

Oui ; mais il faut te dire que je n'ai plus que cinq cents francs.

GEORGETTE.

Ah ! la grande affaire ! Les bourses de nos amis ne sont-elles pas à notre disposition ? et cette aimable baronne qui nous a dit qu'elle s'estimerait trop heureuse si elle pouvait nous être utile.

MADAME VERTBOIS.

Elle devrait bien commencer par me rendre ce que je lui ai prêté ; elle m'avait dit qu'elle voulait tout me porter aujourd'hui, et je n'ai encore vu personne.

GEORGETTE.

Ah! maman, que ce doute est injurieux!
Une dame si comme il faut, parente à de si
grands personnages!

MADAME VERTBOIS.

Oui, oui; tout ça est bien beau; mais elle
ne me paie pas.

GEORGETTE.

Elle vous paiera.

MADAME VERTBOIS.

Elle n'est pas venue.

GEORGETTE.

Elle viendra, elle viendra; j'en suis sûre.

## SCÈNE III.

### LES PRÉCÉDENTES, JULIE.

JULIE.

Madame la baronne de Sainville.

GEORGETTE (*à sa mère*).

Eh bien! que vous avais-je dit?

MADAME VERTBOIS.

Eh! mon Dieu, je vais donc revoir notre
argent!

JULIE.

Faut-il lui dire que vous êtes visible?

**GEORGETTE.**

Oui... Non... Ma toilette... Maman, vous ne pouvez convenablement vous présenter... votre négligé.

**MADAME VERTBOIS.**

Si fait, si fait ; je me présenterai, je veux toucher moi-même les espèces. (*A Julie.*) Mon enfant, va lui dire que je serai très-honorée de sa visite... (*A part.*) Et bien contente de revoir mon argent. (*Julie sort.*)

**GEORGETTE.**

O ciel ! nous surprendre de cette manière ! Je n'ai rien de préparé, pas une phrase bien tournée... pas un à-propos ! En vérité, je suis désespérée... Maman, appliquez-vous à bien parler... Votre coiffure me fait peur... De grâce, cachez-vous derrière moi ; et surtout évitez avec soin de rien dire qui puisse lui donner l'idée que vous désirez d'être payée.

# SCÈNE IV.

### LES PRÉCÉDENTES, LA BARONNE DE SAINVILLE.

**LA BARONNE.**

Eh ! bonjour, mesdames, que je suis heureuse de vous voir! Quelle fatigue ! Depuis huit jours, je ne vis plus!... Je viens de courir tous les magasins ; j'ai été hier à une fête charmante... Que n'y étiez-vous ! La meilleure société de Paris, des toilettes à n'en plus finir ! un bal... J'ai joué jusqu'à neuf heures du matin.

MADAME VERTBOIS (*à part*).

Ah! mon Dieu! elle a perdu peut-être notre argent:

GEORGETTE (*à part*).

Elle m'étourdit aujourd'hui ; son ton, ses manières... Je n'étais point préparée à tout cela. En vérité, je ne sais que répondre...

MADAME VERTBOIS (*à sa fille*).

Parle-lui de ce qu'elle me doit, ça te donnera des idées.

LA BARONNE (*à part*).

Elles sont presque aussi embarrassées que moi. (*Haut.*) Je viens vous voir pour l'affaire en question ; mais j'ai avant tout une grâce à vous demander : je donne demain une jolie fête à la campagne ; il y aura des joûtes, un feu d'artifice sur l'eau. Je n'ai invité que cent personnes. On s'amusera, je l'espère ;

mais la réunion ne saurait être complète sans vous.

GEORGETTE.

Madame...

MADAME VERTBOIS (*avec un air flatté*).

C'est beaucoup d'honneur pour nous, madame.

LA BARONNE.

Je peux donc compter sur vous?

MADAME VERTBOIS ET SA FILLE (*ensemble*).

Ah! madame!...

GEORGETTE (*bas à sa mère*).

Si nous l'invitions à notre dîner?

MADAME VERTBOIS.

Hein !...

GEORGETTE.

Allons, maman, c'est à vous à faire l'invitation.

MADAME VERTBOIS.

Non; il vaut mieux que tu la fasses.

LA BARONNE (*à part*).

Il me faut cinq cents francs pour ce soir, et je ne sais pas trop comment aborder la question.

GEORGETTE (*haut*).

Madame, nous avons aujourd'hui unepe-
tite réunion d'amis, une douzaine de savants,
de gens de lettres des plus distingués... et
nous désirerions...

LA BARONNE.

Je ne me ferai pas prier, et j'y viendrai
avec un très-grand plaisir. (*A part.*) Mais
ce n'est pas mon affaire. (*A Georgette haut.*)
Je suis allée ce matin dans une maison où
l'on a beaucoup parlé de vous ; votre ton,
votre grâce, vos jolies manières, la finesse
de votre esprit, enfin toute votre personne
a été le sujet d'une conversation très-ani-
mée parmi les personnages les plus distingués de la capitale. On désire ardemment
de vous connaître, et c'est pour me rendre
aux instances des plus pressés que j'ai eu
l'idée d'en inviter une centaine pour ma fête
de demain.

GEORGETTE (*bas à madame Vertbois*).

Entendez-vous, maman, une centaine de
personnes qui désirent ardemment de me
connaître !...

MADAME VERTBOIS (*bas*).

Ah! ma fille!...

LA BARONNE (*à madame Vertbois*).

Mais n'oublions pas notre petite affaire ! J'étais vraiment impatiente de venir m'acquitter envers vous. C'est une bagatelle! dix neuf mille cinq cents francs. N'est-ce pas?

MADAME VERTBOIS.

Oui, madame, à votre service. (*Bas.*) Oh ! quel bonheur! je vais les toucher!...

LA BARONNE (*ouvrant son portefeuille*).

C'est en bons sur le Trésor... Etourdie !... je les ai oubliés sur mon bureau. Pardon, je vais les prendre... Ne pourriez-vous pas envoyer... mais non, j'ai une lettre de vingt mille francs, donnez-moi les cinq cents francs qui manquent, et comme ce mandat ne peut être payé que dans quelques jours, j'aurai tout le temps de vous le faire passer.

MADAME VERTBOIS.

Eh! eh!...

GEORGETTE.

Ne comprenez-vous pas, maman? madame vous remettra un mandat... vous lui donnerez... elle vous rendra... cela est clair.

MADAME VERTBOIS.

Explique-toi donc, que je ne comprends pas bien...

LA BARONNE.

Vous n'avez à débourser que cinq cents francs, et je vous en apporte vingt mille un de ces jours.

MADAME VERTBOIS.

Cinq cents francs, Georgette!

GEORGETTE (*bas*).

Ah! maman, vous ne pouvez pas refuser.

MADAME VERTBOIS (*bas*).

Y songes-tu? Je n'ai plus que ça. Et notre dîner!...

GEORGETTE (*bas*).

Eh bien! nous enverrons chez le banquier.

MADAME VERTBOIS (*bas*).

Oui, mais...

GEORGETTE (*bas*).

Allons, maman, il faut aller les chercher.

MADAME VERTBOIS. (*Elle fait quelques pas pour sortir; puis elle revient. — Bas à Georgette.*)

J'espérais bien pourtant que ce serait elle qui me donnerait de l'argent.

2

GEORGETTE (*bas*).

Hâtez-vous donc, maman, elle pourrait mal interpréter votre retard ; songez à qui vous avez à faire.

MADAME VERTBOIS. (*Elle fait quelques pas pour sortir et revient encore. — Bas à Georgette.*)

Mais si elle ne me payait pas?

LA BARONNE.

Je vous dérange peut-être, je suis désolée de vous donner de la peine.

GEORGETTE.

Eh! madame, maman est trop flattée... (*Bas à madame Vertbois.*) Pressez-vous, pressez-vous donc, vous dis-je, vous voyez qu'elle commence à se formaliser.

MADAME VERTBOIS. (*Elle sort lentement en secouant la tête et en se retournant de temps en temps jusqu'à la porte.*)

# SCENE V.

GEORGETTE, LA BARONNE, CÉCILE (*vêtue en ouvrière, avec un paquet sous le bras*).

CÉCILE.

Ah! mon Dieu! que j'ai couru... où donc est-elle que je puisse l'embrasser.

GEORGETTE (*à part*).

O ciel! quelle rencontre! Comment l'a-t-on laissée entrer?...

CÉCILE.

Oh! ma Géorgette! ma chère Géorgette! Je t'ai donc enfin trouvée. (*Elle veut l'embrasser, Georgette la repousse.*) Eh! est-ce que tu ne me reconnais plus? Je suis Cécile, ton ancienne amie. As-tu perdu la mémoire, depuis que tu es dans cette grande ville?

GEORGETTE.

Mais non... je me rappelle confusément...

CÉCILE.

Comment donc, confusément... Mais est-ce que je rêve?... C'est bien elle, pourtant... Ah! tu veux me contrarier, petite malicieuse; allons, allons, embrasse-moi vite, que tu me fais du chagrin.

GEORGETTE.

O ciel! que vais-je devenir?...

## SCENE VI.

LES PRÉCÉDENTES, MADAME VERTBOIS.

MADAME VERTBOIS (*à sa fille*).

J'ai failli me trouver mal deux ou trois fois avant de sortir mon pauvre argent...

Est-ce que tu ne pourrais pas lui faire entendre raison.

LA BARONNE (*à madame Vertbois, en
étendant la main*).

Ah! voilà ma petite affaire! Permettez-moi de vous en débarrasser. (*Elle prend le sac.*) Adieu, mesdames, ne vous dérangez point. C'est à six heures qu'on se met à table, n'est-ce pas? je ne me ferai pas attendre.

## SCENE VII.

MADAME VERTBOIS, GEORGETTE,
CÉCILE (*dans un coin*).

MADAME VERTBOIS.

C'est fini! elle les tient... Je ne sais si je me trompe; mais il me semble que cette belle dame là est plus rusée que nous. (*Apercevant Cécile.*) Ah! te voilà, petite, tu es donc venue nous voir. Eh! qu'as-tu, que tu pleurniches?

CÉCILE (*courant l'embrasser*).

Ah! vous me reconnaissez donc, vous!... mais votre fille!... (*Elle pleure.*)

MADAME VERTBOIS.

Que lui as-tu donc fait, Georgette?

GEORGETTE.

Moi, rien... Je l'aime beaucoup.

# SCENE VIII.

LES PRÉCÉDENTES, JULIE.

JULIE.

Madame, le coiffeur est là, qui vous attend.

MADAME VERTBOIS.

Ah! que je suis ensorcelée de toutes ces grimaces.

GEORGETTE.

Et moi, désolée de votre manière d'agir.

MADAME VERTBOIS.

Allons, il faut toujours que je fasse tes quatre volontés. Eh bien! j'y vas; mais je ne veux pas que tu me chagrines cette petite. Tu sais bien que je l'ai toujours regardée comme ta sœur.

GEORGETTE.

Comme ma sœur!...

MADAME VERTBOIS.

Eh! oui, tu comprends bien... là, comme... à peu près. (*Bas.*) Allons, petite, sois bien sage, et si tu veux quelque chose, viens me trouver, je te le dennerai en cachette, entends-tu? (*Elle sort.*)

# SCENE IX.

CÉCILE, GEORGETTE.

CÉCILE.

Oh! je n'ai besoin de rien, mes mains sauront bien me nourrir... Mais comment pourrai-je m'habituer à ne pas aimer cette méchante-là.

GEORGETTE (à part).

Que je suis contrariée aujourd'hui... ma mère d'un côté, qui ne sait pas profiter des avantages de notre position, et qui compte les écus, comme on le ferait à Arcis; de l'autre côté, cette petite fille qui vient me sauter au cou, en présence d'une dame comme il faut. Oh! cela est désespérant!...

CÉCILE (à part).

Elle parle tout bas; elle a l'air ennuyée de ce qu'elle m'a fait; mais moi, je veux m'en aller, oui, je veux m'en aller, et sans lui rien dire, encore!.... Elle ne me regarde pas... Il ne lui fait donc pas de la peine de m'avoir chagrinée:...Elle ne m'aime plus... Ah! le mauvais cœur! Mais quel rat lui a-t-il passé par la tête? elle qui m'aimait tant!... Je veux le savoir, et puis je lui dirai adieu, adieu pour toujours !... (*Haut.*) Georgette, je vais te quitter ; bientôt tu seras débarrassée de ton ancienne amie ; mais, avant de partir, je veux savoir pourquoi tu es fâchée contre moi ?

GEORGETTE.

Moi, fâchée !... Quelle idée !...

CÉCILE.

Comment ! j'arrive, et tu ne me dis rien !... je veux t'embrasser, tu me rebutes ! Était-ce comme ça que tu faisais avec ta Cécile, il y a seulement trois mois !... Oh ! non, je ne pourrai jamais m'en consoler. (*Elle pleure.*)

GEORGETTE (*lui prenant la main*).

Allons, ne pleure pas, Cécile, je t'aime toujours ; mais (*avec un air à prétention*) notre fortune, le rang élevé que nous occupons dans le monde...

CÉCILE.

Et qu'a de commun votre fortune, votre rang, avec notre amitié ?...

GEORGETTE.

On voit bien, pauvre petite, que tu sors d'une petite ville et que tu ne connais pas les usages de la haute aristocratie.

### CÉCILE.

Oh! certainement non, je ne les connais pas et ne veux jamais les connaître, s'ils obligent ceux qui les suivent à abandonner leurs amis.

### GEORGETTE.

Songe un peu à qui tu parles, petite... d'ailleurs, tu dois te rappeler que tu n'es qu'une pauvre orpheline, que mes parents ont élevée, et que tu nous dois de la reconnaissance.

### CÉCILE.

Ah! ce n'est pas moi qui pourrais l'oublier, hélas! c'était précisément pour cela que je vous aimais tant.

### GEORGETTE.

Eh bien! de quoi te plains-tu donc? Dans le magasin où nous t'avons placée, on ne te laisse manquer de rien; tu gagnes même beaucoup pour une simple ouvrière.

### CÉCILE.

Oui, je gagne plus qu'il ne faut pour moi. Ah! que n'es-tu pauvre? je t'aiderais de mes petits secours, et tu ne me rebuterais pas.

GEORGETTE.

Vois-tu, Cécile, il ne faut pas te faire illusion; je ne suis plus ce que j'étais autrefois; le changement qui s'est opéré dans notre fortune, en me plaçant dans un rang élevé, m'a donné un ton et des habitudes qui ne peuvent plus s'allier avec les manières d'une petite ville, et tu devrais toi-même avoir assez de sens pour le comprendre, sans qu'on fût obligé de te le dire.

CÉCILE.

Ah! je ne le comprends que trop, maintenant, cruelle!... C'est donc ainsi que tu me traites, après m'avoir montré tant d'amitié. O mon Dieu! que je vous remercie de m'avoir légué la pauvreté! c'est un don que je considère comme bien précieux, puisque les richesses ne servent qu'à endurcir le cœur!... Va, va, je ne t'en veux pas; tu es plus à plaindre que moi. Je vais retourner chez nous; j'y rapporterai une conscience tranquille... mais toi, au milieu de toutes tes grandeurs, tu te rappelleras ton indigne conduite envers moi; ce souvenir viendra souvent troubler ta joie; ton orgueil ne suffira pas tout seul pour t'en distraire, et Dieu veuille que tu n'aies pas un jour sujet de me regretter.

## SCENE X.

### LES PRÉCÉDENTES, JULIE.

#### JULIE.

Mademoiselle, la compagnie est déjà réunie dans le salon ; on vous attend.

#### GEORGETTE (*à part*).

Quelle heureuse délivrance ! Mais n'aurai-je pas contracté, dans un instant, des manières provinciales ? J'ai besoin de me recueillir. (*A Julie.*) Allez, donnez des siéges, et avertissez que je vais paraître. (*Elle sort.*)

## SCENE XI.

#### CÉCILE (*seule*).

Où suis-je ? est-ce bien elle ? Je rêve peut-être... Ah ! si c'était un songe... Mais non, je suis bien réveillée !... Ce n'est que trop vrai ! Si, au moins, je pouvais l'oublier !... Elle ne m'appellera plus son amie, elle ne me serrera plus dans ses bras ! Adieu ! adieu pour toujours !... Hélas ! je l'aime encore... Ne pourrai-je pas la chasser de mon cœur ? ne pour-

rai-je m'habituer à ne plus la voir! Pauvre
orpheline! je n'avais qu'elles au monde, je
les regardais comme mes parentes : qui ai-
merai-je donc à présent? (*Entr'ouvrant son
paquet.*) Le voilà, ce petit ouvrage que j'avais
brodé pour le lui offrir!... Allons, il faut s'en
retourner à Arcis. Là du moins, parmi les
ouvrières, je n'essuierai peut-être pas de
rebuts. (*Elle sort par la droite.*)

## SCÈNE XII.

LA MARQUISE D'ÉROLLES, MADAME DE
MONTÉZA. ( *elles entrent par la gauche.* )

MADAME DE MONTÉZA ( *en riant.* )

Ah! ah! c'est plaisant! ils nous ont cru
du nombre des invités; ils nous ont laissé
entrer sans savoir qui nous sommes; s'ils
s'en doutaient. Les drôles de gens, comme
ils s'amusent avec notre argent! Quelle
bonne odeur de cuisine nous avons sentie
en passant par là. J'ai bien envie de me
glisser parmi les convives; en vérité, ce doit
être une chose comique que de dîner là.

LA MARQUISE.

Oh! cessez de plaisanter !.., Si vous saviez combien ils sont déchirants les souve-

nirs qui pèsent en ce moment sur mon cœur.
Les voilà donc, ces lieux où j'ai passé des
jours si heureux ! Là je retrouve la place
de mon mari ; ici, celle du bureau de ma
fille. Ma fille ! où es-tu ? Au ciel, où tu pries
pour ta pauvre mère !... Hélas ! seule, iso-
lée, que m'importe d'avoir recouvré ma
fortune, si je ne puis en jouir avec toi !...

### MADAME DE MONTÉZA.

Vous voilà donc de nouveau dans vos
tristes réflexions !

### LA MARQUISE.

Puis-je en faire d'autres dans ce moment ? A quoi me sert d'avoir cinquante
mille francs de rentes, si je n'ai personne
avec qui les partager ?

### MADAME DE MONTÉZA.

Ah ! attendez un instant ; avec de la fortune et un bon cœur, on n'est jamais seul.
Vous pourrez faire des heureux, et par là
vous trouverez le moyen d'être heureuse
vous-même. Allons, chassez-moi loin d'ici
toutes ces idées sinistres, et ne vous affligez pas des biens que la Providence vous
a envoyés. Acceptons tout sans nous plain-

dre, les peines comme les plaisirs ; soyons toujours contents, voilà ma philosophie.

LA MARQUISE.

Que je vous trouve heureuse d'avoir un caractère si enjoué. Pour moi, lorsqu'en me séparant de vous, je perds la seule personne qui me soit attachée, j'éprouve un sentiment qui déchire le cœur !...

MADAME DE MONTÉZA

Oh ! si ce n'est que cela, tranquillisez-vous bien ; je quitterai, sans trop de chagrin, les montagnes de l'Ecosse, dont je ne me suis si fort enchantée, comme vous le savez, que parce que je suis forcée d'y vivre, pour jouir quelquefois de l'aspect plus riant de votre capitale. Mais si mes visites vous paraissent trop rares, si vous ne pouvez plus vous accommoder de toutes les petites jouissances que procure une grande fortune, eh bien ! ruinez-vous ; vous trouverez encore, au fond de nos montagnes, le toît hospitalier qui vous servit d'asile, et l'amie qui vous fut toujours dévouée.

LA MARQUISE.

Je reconnais bien là votre excellent cœur !

Georgette.       —     3

Non, je n'oublierai jamais tout ce que vous avez fait pour moi...

MADAME DE MONTÉZA.

Vous avez cependant un reproche à me faire.

LA MARQUISE.

A vous, un reproche !

MADAME DE MONTÉZA.

Ah ! ah ! c'est moi qui ai déterré, parmi toutes les nouvelles vraies ou fausses de vos journaux, cette anecdote intéressante, sous la rubrique d'Arcis-sur-Aube. « Il n'est bruit » ici que d'une immense succession, qui » est tombée du ciel sur une marchande en - « mercerie de cette ville. Cette succession » est celle du marquis de Sauvigny, dont » la famille est éteinte. Son excentricité si » connue ne lui a pas fait défaut au moment » de la mort ; madame Vertbois, ex-mar- » chande de la place, a renoncé à la vente » du fil et des aiguilles : elle vient de partir » en toute hâte pour Paris, où elle parade » avec sa fille. »

LA MARQUISE.

Il me vient une idée ; je crains que mon

homme d'affaire, par un zèle trop ardent, n'use à leur égard de quelque moyen de rigueur. Je vais lui parler.

MADAME DE MONTEZA.

Oh! pour cela, vous avez raison ; il faut les mettre dehors avec toutes les politesses imaginables.

LA MARQUISE.

J'entends du bruit; sortons, ne troublons pas leur fête. Il est toujours trop tôt, lorsqu'il s'agit d'affliger de braves gens. (*Elles sortent par la porte à gauche.*

## SCENE XIII.

GEORGETTE, JULIE. (*Elles entrent par la droite.*)

JULIE.

Je crois bien tout ce que vous me dites ; mais je voudrais être payée de mes gages.

GEORGETTE.

De tes gages, impertinente? à cause d'un chiffon de papier que nous envoi un homme subalterne, qui ne se doute pas seulement des usages du monde !

JULIE.

Oui, oui, cet homme subalterne pourrait

3.

bien, avant qu'il fût nuit, vous faire déguerpir de cette maison.

GEORGETTE.

Qui? lui! Oh! oh! je l'en défie!... nous avons de nombreux amis, placés dans le monde bien plus haut que ce petit homme là, et qui sauront nous tirer de ce pas difficile. Leurs heures sont toutes à notre disposition, et nous n'aurions que l'embarras du choix. Même, je ne serais pas étonnée que ce conte de la marquise d'Erolles, qui réclame sa fortune, et qui exige que nous lui rendions tout ce que nous avons dépensé depuis que nous la possédons, ne fût une ruse imaginée par eux pour nous prouver leur attachement.

JULIE.

Eb bien! oui, comptez là-dessus. En attendant, vous plairait-il de me payer? Puisque vos amis sont si généreux, quelques pièces d'or de plus ou de moins ne leur seront pas une affaire.

GEORGETTE.

Je te ferai repentir bientôt de toutes tes impertinences. Maman s'est rendue au salon ; aussitôt que nos amis seront instruits du mauvais tour qu'on veut nous jouer, tu verras, ce sera à celui qui pourra nous obliger le premier.

JULIE.

Ce sera la baronne de Sainville ; elle vous est si attachée !... En attendant, je ne vous quitte point que vous ne m'ayez payée.

# SCENE XIV.

LES PRÉCÉDENTES ; MADAME VERTBOIS.

MADAME VERTBOIS.

Ah ! mon Dieu... quel bruit ! quel vacarme ! je ne sais pas comment j'ai pu m'en débarrasser.

GEORGETTE.

Oui, oui, ils s'empressaient tous à l'envi. Et cette excellente baronne !... Il me semble la voir... Mais, dites-moi, il ne fallait pas être indiscrète ; combien avez-vous accepté ?

MADAME VERTBOIS.

Combien j'ai accepté !... Ah ! tu es bonne, toi. Il fallait voir comment toutes ces figures se renfrognaient pendant que je leur demandais de l'argent ; et quand je leur ai eu dit que je n'avais plus rien, ils se sont sauvés comme si le feu venait de prendre à la maison.

GEORGETTE.

Ah ! c'est impossible.

MADAME VERTBOIS.

Comment ! tu ne crois pas !

GEORGETTE.

Quoi ! la baronne ?

MADAME VERTBOIS.

La baronne, ah ! ah ! comme elle se dégourdissait pour enfiler le chemin de la porte.

GEORGETTE.

Je ne peux sortir de mon étonnement.

MADAME VERTBOIS.

Que tu en sortes ou non, il faut te presser de sortir d'ici, par la porte ou par la fenêtre.

GEORGETTE.

Que voulez-vous dire.

MADAME VERTBOIS.

Ce que je veux dire ?... c'est que comme je sortais du salon, une troupe de valets et de servantes me sont tombés dessus, en criant qu'ils voulaient être payés ; l'un me tirait par ma robe, l'autre par mon châle ;

enfin je ne sais pas comment j'ai pu m'arracher de leurs pattes, et je doute encore si je suis arrivée ici en corps et en âme.

GEORGETTE.

Ah! mon Dieu! qu'allons-nous devenir?

MADAME VERTBOIS.

Je n'en sais rien.

GEORGETTE.

Les méchantes gens!

MADAME VERTBOIS.

Eux, qui étaient si humbles il n'y a qu'un instant.

GEORGETTE.

Nous, qui étions si bonnes à leur égard!...

JULIE.

Oui, c'est bien vrai, je suis indignée d'une telle conduite! C'est affreux! c'est abominable! que l'on soit capable d'agir ainsi avec d'aussi bonnes maîtresses!... Ah! j'en pleurerais!...

MADAME VERTBOIS ET SA FILLE.

Pauvre Julie! nous n'avons plus que toi!

JULIE.

Eh bien! moi, je veux vous sauver, quoi qu'il puisse m'en coûter.

MADAME VERTBOIS.

Ah ! l'excellent cœur !...

GEORGETTE.

Quelle reconnaissance !...

JULIE.

Mais à une condition, c'est que vous me
paierez mes gages.

GEORGETTE.

Tes gages ?...

JULIE.

Oui, mes gages, et bien d'autres choses
que vous me devez.

MADAME VERTBOIS.

Mais où prendre l'argent ?

GEORGETTE.

Nous n'avons pas un centime.

JULIE (se reculant).

Ah ! puisqu'il en est ainsi, vous sentez...

MADAME VERTBOIS.

Ecoute, quand nous pourrons, nous te
donnerons quelque chose ; mais il faut nous
faire un rabais.

JULIE.

Dans ce cas-là, je me retire. (Elle va pour
sortir.)

**MADAME VERTBOIS.**

Ah! mon Dieu! que ferons-nous?

**GEORGETTE.**

Julie, Julie, par pitié!...

**JULIE.**

Ah! je ne peux pas... Adieu!...

**GEORGETTE** (*à sa mère*).

Il faut lui donner votre chaîne.

**MADAME VERTBOIS.**

Y penses-tu? Elle a coûté tant d'argent! Et puis est-ce qu'il sera dit que je n'emporterai rien du tout à Arcis-sur-Aube!...

**JULIE.**

Je m'en vais... D'ailleurs j'entends les gens de madame la marquise. Il n'est plus temps.

**GEORGETTE.**

Julie, Julie, ma bonne Julie, nous te donnerons tout ce que tu voudras.

**MADAME VERTBOIS.**

Oui, oui, tout ce que tu voudras; quoique j'en aie bien de la peine...

**MADAME VERTBOIS ET GEORGETTE** *courent après Julie et la prennent chacune par un bras.*

3..

JULIE (*revenant*).

Eh bien ! je vous suis toute dévouée, attendez-moi là un instant ; si quelqu'un vient, entrez dans ce cabinet : au moment opportun, je vous ferai sortir, sans que personne s'en aperçoive. (*Elle sort.*)

# SCENE XV.

## LES PRÉCÉDENTES, CÉCILE.

### CÉCILE.

Ah ! mon Dieu ! quel malheur. Je sais tout... on vient de m'apprendre...

### MADAME VERTBOIS (*l'interrompant.*)

Ah ! ma pauvre Cécile, je n'ai plus rien ; je n'emporterai pas même mon beau collier chez nous ! C'est cette méchante Julie... Mais il ne faut rien dire... elle a promis de venir nous chercher... Je te conterai tout ça quand elle nous aura tirées d'affaire.

### GEORGETTE.

Ma bonne Cécile !... tu me vois toute confuse, j'ose à peine lever les yeux en ta présence... Est-ce que tu voudrais encore me pardonner ?...

### CÉCILE (*se jetant dans ses bras*).

Te pardonner... Ah ! ma chère amie, le

chagrin que tu éprouves m'a déjà fait tout oublier; je ne sais plus qu'une chose, c'est que je t'avais perdue et que je t'ai retrouvée...

MADAME VERTBOIS.

Ah! que l'on reconnaît bien ses amis dans l'occasion. Mais, pauvre fille, tu ne peux rien faire pour nous.

CÉCILE.

Moi, ah! j'espère bien vous être utile; j'ai déjà formé mon petit projet, mais j'ai voulu vous voir avant tout. Je vais trouver madame d'Erolles, attendez-moi un instant, elle n'est pas loin d'ici; avant une demi-heure, je reviendrai vous apporter de bonnes nouvelles.

GEORGETTE (la retenant).

Ah! mon Dieu! que vas-tu donc faire?

CÉCILE.

Va, ne crains rien; laisse-moi aller, je suis sûre de réussir.

MADAME VERTBOIS (l'appelant).

Cécile! Cécile! puisque cette dame t'écoute si bien, demande-lui qu'on me laisse au moins ma belle chaîne, que cette sotte de Julie...

Mais chut... je m'entends. Dis-lui que je voudrais l'emporter à Arcis-sur-Aube.

# SCENE XVI.

LES PRÉCÉDENTES, LA MARQUISE, MADEME DE MONTÉZA (*entre dans le fond*).

GEORGETTE.

Ah! mon Dieu! je crois que la voilà. (*Elles entrent précipitamment dans le cabinet. Cécile s'avance vers ces dames.*)

CÉCILE (*à la marquise*).

Est-ce vous, Madame, qui êtes la marquise d'Erolles?

LA MARQUISE.

Oui, mon enfant, c'est moi. Avez-vous quelque chose à me demander?

CÉCILE.

Oui, Madame, j'ai à vous demander une grâce de laquelle dépend mon bonheur... je sais travailler; je peux gagner bien au-delà de ce qui est nécessaire à mon existence; mais je veux m'engager à vous servir pour rien toute ma vie.

LA MARQUISE.

Pauvre enfant, quel est donc le motif qui vous fait prendre un parti aussi étrange?

CÉCILE.

Ah! Madame, c'est la reconnaissance que je dois à mes bienfaiteurs!... Vous les poursuivez pour avoir joui d'un bien qu'ils croyaient être à eux. Les faibles ressources qui leur restent ne leur permettent pas de vous rendre ce qu'ils vous doivent... Je ne possède rien moi-même, mais je viens m'offrir à vous. Ah! Madame, acceptez-moi. (*Elle se jette à genoux,*) Daignez écouter la prière d'une pauvre jeune fille qui n'a, pour vous fléchir, que les larmes qu'elle répand à vos pieds.

LA MARQUISE (*la relevant*).

O Dieu! quelle belle âme!... Pauvre enfant, que votre procédé me touche!... Ah! elle est bien loin de moi, la pensée de porter la désolation dans le cœur de qui que ce soit!... Mais vous, qui avez une âme si généreuse, apprenez-moi qui vous êtes; je ferai tout ce qui dépendra de moi pour votre bonheur.

CÉCILE.

Tout ce que je désire, c'est que vous m'accordiez la grâce que je viens de vous demander.

LA MARQUISE.

Cette grâce, vous l'avez déjà obtenue ; mais j'ai à vous en demander une à mon tour. Oui, mon enfant, je me suis déjà attachée à vous. J'avais une fille, qui serait à présent de votre âge... Hélas ! une maladie cruelle me l'a enlevée, et je suis seule sur la terre. Restez toujours avec moi ; je vous regarderai comme mon enfant.

CÉCILE.

Madame, quel excès de bonté !... Et moi je n'ai jamais eu le bonheur de connaître ma mère !

LA MARQUISE.

Hélas ! et comment l'avez-vous perdue ?

CÉCILE.

Je l'ignore absolument. Je ne connais que ceux qui ont pris soin de mon enfance. Avant que je vous eusse vue, ils étaient les seuls êtres à qui je fusse attachée en ce monde !...

LA MARQUISE.

Quoi ! ma petite, vous m'aimez donc déjà ?

CÉCILE.

Ah ! Madame, si j'osais... je vous dirai que je vous aime de tout mon cœur...

LA MARQUISE.

Pauvre petite !... mais ne perdons pas de temps. Allez me chercher ces bonnes dames ; je veux les rassurer moi-même et connaître par elles votre origine.

CÉCILE.

Oui, je leur dirai qu'elles peuvent se présenter sans crainte, et que vous êtes disposée à leur égard.

LA MARQUISE.

Ah ! certainement ; surtout à cause de vous. (*Cécile sort.*)

# SCENE XVII.

## LA MARQUISE, MADAME DE MONTÉZA.

LA MARQUISE.

Que cette enfant est intéressante ! Elle me rappellera ma fille...

MADAME DE MONTÉZA.

Qui sait ? vous la retrouverez peut-être.

LA MARQUISE.

Eh ! mon Dieu ! que dites-vous ? elle est bien morte, ma fille. C'est entre mes bras qu'elle a rendu le dernier soupir... Ah ! et je m'en veux toujours d'être venu troubler le bonheur de ces braves gens.

## MADAME DE MONTÉZA.

Vous avez raison ; il faut leur laisser toute votre fortune, et vous vous en irez comme vous êtes venue.

## LA MARQUISE.

Ils ont dû éprouver un grand chagrin, et moi...

## MADAME DE MONTÉZA.

Eh bien ! pourquoi tant hésiter ? Vous êtes maîtresse de vous désister de vos droits ; abandonnez-leur toutes vos propriétés ; du train qu'ils mènent les choses, ils seront bientôt réduits à rien, et vous aurez l'avantage, les uns et les autres, d'être débarrassés des biens de ce monde.

# SCENE XVIII.

LA MARQUISE, MADAME DE MONTÉZA, CÉCILE, MADAME VERTBOIS et GEORGETTE *entrent en longeant le mur.*

## LA MARQUISE.

Approchez-vous, mes bonnes dames ; je suis désolée que l'on vous ait causé tant d'inquiétude, ce n'était certainement pas mon intention ; je suis, au contraire, disposée à faire tout ce qui dépendra de moi pour vous être utile. Mais, avant tout, dites-moi, je vous en supplie, quelle est cette jeune fille qui vient de montrer pour vous un si beau dévouement.

GEORGETTE (*bas*).

Répondez donc, maman...

MADAME VERTBOIS (*bas*).

Parle donc, toi.

GEORGETTE (*bas*).

Non, maman; c'est à vous...

MADAME VERTBOIS (*bas*).

Dis-moi donc ce qu'il faut que je lui dise?

GEORGETTE (*bas*).

Il faut lui dire... il faut lui dire... En vérité, je crois que la fortune donne de l'esprit; car, à présent, je me sens tout comme à Arcis...

LA MARQUISE (*à madame Vertbois*).

C'est à vous que je m'adresse : pourriez-vous me dire quand et comment cette jeune fille a perdu ses parents?

MADAME VERTBOIS.

Madame, il y a bientôt douze ans. Oh! c'est une histoire tout-à-fait extraordinaire, qui a fait tant de bruit dans le pays... Son père et

sa mère paraissaient être des gens très-
comme il faut. Madame était très-belle, à ce
qu'on disait, car je n'ai pu voir sa figure. Ils
passaient dans notre village en chaise de
poste. Ils descendirent chez M. Briquet, la
meilleure auberge du pays, justement à côté
de chez nous. Un domestique portait cette
petite, qui était blanche comme un linge.
Elle pouvait avoir environ trois ans. A peine
furent-ils entrés, qu'on entendit des cris
épouvantables. Cette enfant avait les convulsions; en une demi-heure elle était morte. Je
vous laisse à penser le chagrin de la pauvre
mère. Elle ne voulait plus quitter le corps
de sa fille ! Son mari fut obligé de l'emporter
de vive force dans la voiture, au moment où
on allait l'enterrer. Nous restâmes seules,
madame Briquet et moi, auprès du corps de
cette enfant, en attendant le convoi. Avant
qu'on la couvrît, je voulus encore l'embrasser, et je dis à madame Briquet : Voisine, on
dirait qu'elle vit encore; voyez comme elle
est mignonne !... Petite, que je fis en serrant
sa petite main dans la mienne, veux-tu rester
avec moi? Le croiriez-vous? elle ouvre les

yeux et me tend les bras... Elle n'était pas
morte... On fit courir après son père, on
écrivit partout; on ne put rien découvrir, si
ce n'est que les parents avaient eu de grands
malheurs, et qu'ils étaient partis, je crois,
pour l'Amérique. J'avais cette petite à la
maison, et, d'un mois à l'autre, je finis par
la garder. Quand elle fut grande, je la mis,
en apprentissage, et la voilà.

LA MARQUISE.

O ciel ! quel rapprochement !... Même âge !
même époque ! serait-il possible ! Mon Dieu !
Mais non... Je m'abuse. Quel est l'endroit que
vous habitez?

MADAME VERTBOIS.

Arcis-sur-Aube. Oh ! le brave pays, Madame, et que je voudrais y être à l'heure
qu'il est !

LA MARQUISE (*tristement*).

Ah! ce n'est pas en ce lieu-là... Pauvre
enfant, vous appartenez peut-être à quelque
famille malheureuse comme la mienne, vous
me rappellerez mieux ma fille. Hélas! c'est
presque dans les mêmes circonstances que
je l'ai perdue. C'était aussi en 1835. Nous

allions quitter la France à la suite des chagrins cruels que nous avions éprouvés chez
mon oncle de Sauvigny. Le marquis d'Erolles, mon mari, qui était espagnol, avait des
connaissances au Mexique ; il eut la pensée
d'aller s'y établir avec sa fille et moi. Nous
traversions la France pour nous rendre à
Marseille ; à quelques lieues de Dijon, ma
fille ; qui était très-souffrante, fut prise de
convulsions affreuses. Nous fûmes forcés de
nous arrêter dans un village. C'est là que je
l'ai perdue... Je partis, le cœur déchiré !...
M. d'Erolles espérait des jours plus heureux,
mais de nouveaux malheurs nous atten-
daient au Mexique. Les entreprises de mon
mari ne réussirent point. Il mourut peu de
temps après, me laissant seule et sans ressources. La Providence vint à mon secours,
elle m'envoya une amie (*montrant madame
de Montéza*), qui, dans son admirable dévouement, ne m'a jamais abandonnée. Elle
m'amena avec elle en Ecosse ; c'était son
pays, et j'y suis toujours restée depuis.

CÉCILE.

Pardon, Madame, vous avez dit que c'est

près de Dijon que vous avez perdu votre fille ; vous souvenez-vous du nom du village ?

LA MARQUISE.

Sainte-Valéry.

CÉCILE.

Ah ! mon Dieu ! je crois que nous avons habité ce lieu-là.

LA MARQUISE.

O mon Dieu ! éclairez-nous !...

MADAME VERTBOIS.

Oui, oui, c'est à Sainte-Valéry que cet événement a eu lieu ; nous y restions alors.

LA MARQUISE.

Mon mari avait supprimé son titre pour entrer dans le commerce ; ma fille s'appelait.

CÉCILE.

Cécile Gérard...

LA MARQUISE (*la serrant dans ses bras*).

Oh ! mon Dieu !... Oh ! ma fille !...

CÉCILE.

Oh ! ma mère !...

MADAME DE MONTÉZA.

Quelle scène touchante !...

MADAME VERTBOIS.

J'en pleure tout comme un enfant !...

GEORGETTE.

Et moi aussi...

LA MARQUISE.

O mon Dieu ! que je vous remercie !... Oh !
je ne peux suffire à mon bonheur !...

CÉCILE.

Ma mère, il faut que tout le monde en
jouisse.

LA MARQUISE.

Oui, oui, surtout ces bonnes dames qui
ont pris soin de ton enfance; je veux les
rendre heureuses. (*A madame Vertbois et à
Georgette.*) Ah ! dites-moi de grâce, que puis-
je faire pour votre bonheur ?

CÉCILE.

Maman; il faut les garder ici; elles ne nous
quitteront jamais.

MADAME VERTBOIS.

Ah ! pour moi, je suis bien reconnaissante;
mais je ne veux plus rester dans ce vilain
pays. Pour Georgette, elle fera tout comme
elle voudra; elle aime Paris, la société...

GEORGETTE.

Ah! j'en suis bien dégoûtée, à présent !
Je vous en prie, Madame, laissez-moi partir,
je ne désire rien tant que de retourner à Arcis.

LA MARQUISE.

Eh bien ! soit ; mais, à Arcis, ne pourrai-je
rien faire pour vous ?

MADAME VERTBOIS.

Puisque vous permettez, Madame, que je
vous parle avec franchise, je vous avouerai
que, pour me mettre tout-à-fait en grand
dans mon commerce, il me faudrait au
moins trois ou quatre mille francs, et si,
dans votre extrême obligeance...

LA MARQUISE (*l'interrompant*).

Je vais vous les faire compter, en vous
priant d'accepter, au nom de ma fille, un
cadeau plus considérable...

MADAME VERTBOIS.

Ah ! grand merci ; c'est bien assez. Comme
je vais bien arranger ma boutique ; un beau
miroir derrière la banque et une tapisserie
toute neuve ; puis j'étendrai ma petite indus-
trie et je vendrai, comme l'autre marchande
du haut de la rue, des rubans et des den
telles... Et que de choses il a dû se passer à
Arcis depuis que je n'y suis pas... et que j'aurai de nouvelles à raconter et à entendre !...

GEORGETTE.

Et moi, j'irai me promener le dimanche

- avec mes amies ; je ne m'escrimerai plus à faire de belles phrases ; je parlerai à ma fantaisie toute la journéé. Quel bonheur !

MADAME DE MONTÉZA.

Ne dois-je pas prendre ma part de la joie générale ? C'est une trop belle occasion pour ne pas en profiter. (*A Cécile*.) Approchez-vous, ma chère enfant ; venez embrasser l'amie de votre mère.

LA MARQUISE.

Oui, ma fille, celle qui pendant douze ans...

MADAME DE MONTÉZA (*l'interrompant*).

Ne parlons plus de cela, s'il vous plaît. (*A Cécile*.) Apprenez seulement une chose, c'est que ma gaîté a servi quelquefois à adoucir ses chagrins.

LA MARQUISE (*lui tendant la main*).

Excellente amie !... Eh bien ! nous voilà tous heureux ; il ne nous reste plus qu'à remercier la Providence de tant de bienfaits. C'est elle qui a tout conduit, qui a pris soin de la veuve et de l'orpheline d'une manière si admirable. O ma fille ! ne l'oublie jamais ! mets en elle toute ta confiance

# MARY ET ANNA

## OU

## LA JALOUSIE,

### COMÉDIE EN UN ACTE.

4

## PERSONNAGES :

Madame de LA TOUR, française, maîtresse de pension à Londres.

ANNA STRAFORT,
MARY MILROSE, } cousines et élèves.

CÉCILIA,
MOLLY,
FANNY,
JENNY, } élèves.

ARABELLE, jeune personne destinée à l'emploi de sous-maîtresse.

Plusieurs autres élèves, qui ne parlent pas.

La scène est à Londres, dans le pensionnat de madame de La Tour.

# SCENE PREMIERE.

Le Théâtre représente une salle de récréation.

## MADAME DE LA TOUR, ARABELLE.

### MADAME DE LA TOUR.

Miss Arabelle, je vous ai fait appeler pour vous demander quelques renseignements sur mes deux nouvelles élèves : vous avez été, je crois, leur maîtresse pendant quelque temps?

### ARABELLE.

Je suis restée deux ans chez lord Strafford, le père de miss Anna; c'est un homme excessivement riche, comme vous savez.

### MADAME DE LA TOUR.

On le dit, mais ce n'est pas ce que je vous demande : miss Mary, sa nièce, la fille du colonel Milrose, n'était-elle pas aussi votre élève?

### ARABELLE.

Oui, Madame, elle venait chez son oncle,

et recevait les mêmes leçons que sa cousine ; mylord s'est chargé de faire élever cette enfant, dont le père n'a pas de fortune.

MADAME DE LA TOUR.

Non, il n'est pas favorisé de ce côté-là ; mais il a en échange un grand fond d'honneur et de probité, ce qui vaut encore mieux. C'est un homme profondément religieux. J'en trouve la preuve dans sa constante résignation au milieu de toutes ses peines, et dans le soin qu'il a pris de former le cœur de sa fille. Mary, si je ne me trompe, n'est pas un enfant ordinaire. Quelle religion éclairée, dans un âge aussi tendre !... Quel amour pour son père !... Je ne l'ai entretenue que quelques instants, mais elle a produit sur moi une vive impression. Une enfant de ce caractère a dû vous procurer bien des jouissances.

ARABELLE (d'un air embarrassé).

Oh ! certainement !...

MADAME DE LA TOUR.

Sa cousine ne me plaît pas autant ; il y a chez elle quelque chose qui m'inquiète, et que je voudrais éclaircir ; car, je vous avoue

qué, malgré mon expérience et mes obser-
vations, je n'ai pu encore la pénétrer.

ARABELLE.

C'est étonnant!... Je n'ai rien remarqué
en elle qui ne fût pas naturel. Sa conduite
vous paraît-elle répréhensible?

MADAME DE LA TOUR.

Au contraire, depuis qu'elle est ici, je n'ai
eu aucun reproche à lui faire. Elle est d'une
application étonnante, d'une obéissance,
d'une douceur, qui va, ce me semble, au-
delà de tout ce qu'on pourrait désirer; ses
maîtresses sont enchantées d'elle, ses compagnes la regardent déjà comme un modèle
qu'elles doivent suivre; et je me trouve seule
à ne pas partager l'admiration générale. Cette
enfant est certainement dominée par une
pensée qui l'occupe tout entière; son teint
en est obscurci, son regard troublé. Voilà
l'effet qu'elle a produit sur moi, la première
fois que je l'ai vue. Depuis lors, je l'ai trouvée rêveuse, triste, ou excessivement gaie;
mais ce qui m'a le plus frappée, c'est son
attention à dérober à tous les yeux l'agitation qui la tourmente.

4.

ARABELLE.

Elle cache de l'agitation, dites-vous? Se-
rait-elle dissimulée? Je ne m'en suis jamais
aperçue; il n'y a pourtant que six mois que
je l'ai quittée.

MADAME DE LA TOUR.

Etait-elle aussi appliquée, je veux dire
aussi parfaite, car c'est là le mot, lorsque
vous la dirigiez?

ARABELLE.

Oh! pour cela non, car on la gâtait beaucoup; mais ses défauts étaient de ceux qui
s'effacent avec l'âge.

MADAME DE LA TOUR.

Oui, lorsqu'on a soin de les réprimer. Quel
était le défaut dominant d'Anna?

ARABELLE.

Celui qui m'a causé le plus d'ennui était
une espèce de petite jalousie, qui la portait
à s'irriter, et même à se mettre en colère
contre sa cousine, toutes les fois que celle-ci
la surpassait en quelque chose.

MADAME DE LA TOUR.

Vous avez, sans doute, employé tous vos
soins à détruire un vice aussi dangereux?

ARABELLE (*d'un air contraint*).

J'ai bien fait ce que j'ai pu... mais lorsqu'on occupe une place comme celle-là... il y a tant de ménagement à prendre... Si vous saviez dans quelle terrible position je me suis trouvée...

MADAME DE LA TOUR.

Vous manquiez donc de courage? Il fallait alors avertir les parents, et vous appuyer de leur autorité.

ARABELLE.

Les parents? Et si je vous disais qu'ils partageaient la jalousie de leur fille, et qu'ils n'auraient jamais pu supporter que Mary fût au-dessus d'elle.

MADAME DE LA TOUR.

Quelle conduite teniez-vous donc?

ARABELLE.

Hélas! je ne savais trop que faire!... Au commencement je lui infligeais quelques punitions; mais ensuite, comme elle se plaignait à Milady, et que celle-ci paraissait mécontente, je me suis vu forcée, pour pouvoir conserver ma place, de dissimuler quelquefois les fautes d'Anna, et, quoique

j'y eusse beaucoup de répugnance, de lui
accorder même les dictinctions que sa cousine avait méritées.

MADAME DE LA TOUR.

Et votre conscience ne vous reprochait-
elle rien?

ARABELLE.

J'étais dans une peine extrême... Mais que
pouvais-je faire?

MADAME DE LA TOUR.

Remplir votre devoir, ou sortir de la
maison.

ARABELLE.

Sans parents! sans asile! que serais-je
devenue?

MADAME DE LA TOUR.

Ce que Dieu aurait voulu.

ARABELLE.

Oui... Mais n'était-ce point m'exposer...

MADAME DE LA TOUR.

A quoi? à mourir de faim peut-être!... Eh
bien! oui, vous seriez morte, et vous n'auriez
pas à présent à vous faire le cruel reproche
d'avoir trahi un devoir sacré... Je ne vous
parle pas de la peine que votre injustice a

dû causer à Mary et à son bon père; mais n'avez-vous jamais pensé aux maux que vous accumuliez sur la malheureuse Anna, et à tous les chagrins que vous prépariez à sa famille?

**ARABELLE.**

Je n'avais vu dans tout cela qu'un enfantillage.

**MADAME DE LA TOUR.**

Un enfantillage, Arabelle!... Votre jeunesse et votre inexpérience peuvent seules vous excuser. Eh bien! apprenez que vous avez fait un mal affreux, peut-être irréparable!... Anna, née avec une âme ardente, des passions vives, devait, étant bien dirigée, acquérir de grandes vertus; mais elles se sont toutes étouffées par un vice horrible.: c'est la jalousie... Elle n'a plus aucun repos; son âme en est torturée, et qui sait si elle n'éprouve pas déjà une partie de ses fureurs... Cependant cette malheureuse enfant vient à peine d'atteindre sa quinzième année... Jugez de ce qu'elle sera capable de faire par la suite... Souvenez-vous que c'est vous qui avez laissé cette terrible passion se développer ainsi ; et voyez si vous êtes coupable !

ARABELLE.

Vous me faites frémir... Quoi ! il serait possible ?

MADAME DE LA TOUR.

Je n'exagère rien ; vous verrez bientôt malheureusement la preuve de ce que j'avance. Mais cette place à laquelle vous teniez si fort, comment l'avez-vous donc perdue ?

ARABELLE.

Pour mon malheur, il a fallu qu'un ami de Mylord s'aperçût qu'Anna ne faisait aucun progrès ; il eut la méchanceté de le dire ; c'en fut assez, mon congé me fut signifié.

MADAME DE LA TOUR.

Cet ami a accompli un devoir ; il a dit la vérité, et vous n'avez pas le droit de vous en plaindre. Ainsi il ne vous est pas même resté la triste consolation de conserver cette place à laquelle vous aviez tout sacrifié, jusqu'à votre conscience, et vous l'avez perdue précisément par les moyens injustes que vous aviez pris pour vous y maintenir. Dieu veuille, ma chère enfant, que cette

leçon puisse vous être utile, et que vous
vous souveniez toute votre vie que pour être
heureuse, même dans ce monde, il faut toujours, quelles que soient les circonstances,
remplir franchement son devoir. Je vous prie
de faire appeler ces deux demoiselles : je
voudrais les entretenir en particulier. (*Arabelle sort.*)

## SCÈNE II.

MADAME DE LA TOUR (*seule*).

Cette jeune personne me fait pitié. Il est
impossible, avec aussi peu d'élévation dans
l'âme, qu'elle puisse se consacrer à l'éducation. Je voulais lui faire du bien : je l'avais
retirée chez moi dans l'intention de lui donner plus tard une place de sous-maîtresse ;
mais elle oppose à ma bonne volonté un
obstacle invincible. Ce doit être encore le
fruit d'une mauvaise éducation ! Le malheur
de celle-ci est sans remède ; l'âge d'Anna me
permet encore d'espérer. Mon intention est
de la pousser à bout ; si son cœur est resté
bon, il triomphera, et avec le temps je pourrai la corriger ; s'il est déjà gâté, elle suc-
combera, et je la renverrai à ses parents. Je

sais que je me hasarde beaucoup : mylord
Strafford est un homme puissant, et moi, je
ne suis qu'une pauvre française, condamnée
à gagner ma vie sur une terre étrangère...
Dieu a béni mon travail, mon établissement
prospère ; mais il est encore naissant. N'importe, je ne peux agir que d'après ma conscience : je dois justifier la confiance que l'on
m'a donnée. Oui, et je m'en rendrai digne,
quoiqu'il puisse arriver.

## SCÈNE III.

### MADAME DE LA TOUR, MARY, ANNA.

#### MADAME DE LA TOUR.

J'ai voulu faire connaissance avec vous,
mes chères amies ; comment vous trouvez-
vous de la vie du pensionnat?

#### ANNA (avec affectation.)

Parfaitement bien, Madame.

#### MADAME DE LA TOUR.

Et vous, miss Mary?

#### MARY.

Eh! ma chère maîtresse, je vous avoue
que j'ai eu quelque peine à m'habituer ici ;
mais à présent, grâce à vos bontés, je me
trouve fort bien ; je me croirais même par-

faitement heureuse, si je n'étais pas séparée de mon père !...

ANNA (*d'un ton sec, mais comprimé*).

Tu n'en es pas bien éloignée...

MARY.

Non, mais je ne peux plus prendre soin de lui... Il est âgé, il est souffrant, mon pauvre père ! (*Elle pleure.*)

MADAME DE LA TOUR.

Vous irez le voir souvent, ma chère Mary, j'aurai égard à votre position. Aimable enfant, vous ferez un jour sa consolation.

ANNA (*à part*).

On la préfère à moi...

MARY.

Ah ! Madame, que ne ferai-je pas avec un espoir si doux?... Souvent, au moment du travail, la paresse voudrait me gagner, ou l'envie de m'amuser encore ; mais quand je me dis : c'est pour mon père ! je me trouve pleine de courage, et je ne me sens plus fatiguée de rien.

ANNA (*riant avec affectation*).

Ah ! ah ! J'admire comme tu sais adroitement faire ton éloge.

*Georgette.* 5

##### MARY.

Mon éloge! comment? Je ne te comprends pas...

##### MADAME DE LA TOUR.

Mary n'a parlé que selon son cœur ; il est si simple et si naturel d'aimer son père ! Où voyez-vous donc qu'elle ait fait son éloge ?

##### ANNA (*avec contrainte*).

Oh !... en rien... je plaisantais... Il m'arrive souvent de contrarier ma cousine ; elle me rend la pareille, et nous ne nous en aimons pas moins.

##### MADAME DE LA TOUR.

Je me plais à le croire ainsi ; il serait affreux que deux cousines fussent désunies ! Vous devez vous aimer comme deux bonnes sœurs. (*A Anna.*) N'est-ce pas là l'expression de vos sentiments ?

##### ANNA (*avec contrainte*).

Oh! certainement, madame.

##### MARY.

Et des miens, ma chère Anna! (*Elle l'embrasse.*) Que de titres tu as à mon amitié !... Je dois à ton père une éternelle reconnaissance ; c'est lui qui assure mon bonheur en me procurant une brillante éducation. Aussi toutes les fois que j'adresse mes vœux au ciel, après avoir prié Dieu de consoler mon pauvre père, je lui demande toujours de continuer à répandre ses dons sur ta famille et sur toi !...

ANNA (*attendrie et embarrassée*).

Tu te trompes, Mary, tu ne me dois rien... C'est moi... (*Se reculant.*) Non, je sens que je ne mérite pas ton amitié.

MARY.

Qu'oses-tu dire ? (*Elle l'embrasse.*) Anna, je t'aime si tendrement !

MADAME DE LA TOUR.

Elle vous aime aussi, j'en suis sûre. Anna, rapprochez-vous. (*Elle lui prend la main.*) Vous m'êtes aussi bien chère ; je considère toutes mes élèves comme mes enfants. On m'a rendu de vous, ce matin, un compte très-avantageux : vous n'avez eu aucune faute depuis huit jours que vous êtes ici, c'est dire beaucoup en votre faveur ; peu de vos compagnes peuvent se flatter d'avoir obtenu cet avantage ; vous êtes peut-être la seule.

5.

ANNA (*avec joie*).

Quoi ! ma chère maîtresse, il se pourrait ?

MADAME DE LA TOUR.

Oui, ma chère enfant ; même je vous avouerai que votre cousine, dont nous sommes d'ailleurs si contentes, n'est pas exempte de légers reproches ; elle a montré quelquefois de l'étourderie. N'est-il pas vrai, miss Mary ?

MARY.

Oh ! bien souvent, ma chère maîtresse ; on ne vous a peut-être pas tout dit... mais, l'autre jour, en jouant à l'escarpolette, j'ai commis une imprudence... aussi ai-je déchiré tout mon bonnet.

ANNA (*lui sautant au cou*).

Que tu es franche ! ... ma chère Mary... Je t'en donnerai deux des miens ; tu choisiras dans mon carton tout ce qui pourra te faire plaisir... Si tu savais combien je m'estime heureuse d'avoir une cousine telle que toi !...

MADAME DE LA TOUR.

Il paraît, miss Mary, d'après ce que m'ont dit vos maîtresses, que vous pourriez monter de suite à la seconde classe. Pour miss Anna, nous serons obligés d'attendre jusqu'à l'année prochaine. (*La figure d'Anna éprouve un changement subit.*)

MARY.

Quoi donc? Est-ce que je monterai sans elle? Ah! je n'aurai plus le même plaisir!...

MADAME DE LA TOUR.

Elle avait beaucoup moins travaillé que vous.

ANNA (*d'un air piqué*).

Elle est plus jeune que moi (*se reprenant*), mais j'en suis enchantée.

## SCENE VI.

LES PRÉCÉDENTES, JENNY, FANNY, CÉCILIA, MOLLY, *plusieurs élèves au fond du théâtre, accompagnées d'une maîtresse surveillante. Elles saluent. Pendant toute cette scène, Anna paraît plongée dans une sombre rêverie.*

MADAME DE LA TOUR.

J'ai empiété sur vos droits, mes chers enfants, je me suis établie dans votre salle de récréation. Approchez-vous; il est juste que je vous cède la place.

TOUTES ENSEMBLE (*s'élançant vers madame de la Tour*).

Non, non, ma chère maîtresse ; nous nous amuserons bien mieux si vous restez avec nous. (*Elles se groupent toutes auprès de madame de la Tour ; les unes lui prennent les mains, les autres l'embrassent.*)

MADAME DE LA TOUR.

Vous m'étouffez, mes chers enfants !...

JENNY.

Ah ! c'est que nous vous aimons bien fort, bien fort !...

FANNY.

Et nous ne savons vous exprimer notre attachement qu'en vous serrant de toutes nos forces.

CÉCILIA.

Ah ! ma chère maîtresse, que n'êtes-vous venue au jardin ? Si vous saviez comme nous nous sommes diverties !...

MOLLY.

Je n'en ris plus, moi ; j'y ai attrapé une mauvaise note.

MADAME DE LA TOUR.

Comment, miss Molly, vous avez donc fait des sottises ?

MOLLY.

Figurez-vous que je poursuivais un joli

papillon ; vite, vite, je courais toujours, lorsque je me trouve en face d'une haie ; il -est défendu de la franchir ; que faire? J'imagine un expédient, je monte dessus ; mais, faut-il être malheureuse?... le pied me glisse, et, sans le vouloir, me voilà de l'autre côté... Pour comble de maux, ce pauvre papillon passe tout près de moi !... La tentation était bien forte, vous en conviendrez ; je veux le saisir, ma robe s'accroche, crac... c'est bientôt fait... Oh! comme la maîtresse m'a grondée!... et puis, un mauvais point par-dessus le marché !

MADAME DE LA TOUR.

Ah! petite espiègle! c'est bien là un de vos tours !

MOLLY.

Hélas! je n'ai pas encore tout dit : si vous saviez... Dans le moment que la maîtresse me sermonait d'une si bonne manière, ne voilà-t-il pas que j'ai aperçu mon pauvre papillon dans les mains de cette malicieuse de Fanny ; elle l'avait attrapé, pendant que moi... Oh! je ne peux pas m'en consoler! Aussi l'ai-je boudée au moins un bon quart d'heure ; puis le remords m'a pris, et j'ai vite couru l'embrasser. Mais ce n'est pas pour que vous me donniez encore un mauvais point que je vous dis cela, ma chère maîtresse !

MADAME DE LA TOUR (*avec bonté*).

Non, non, soyez tranquille ; je n'en dirai même rien à personne.

MOLLY.

Que vous êtes aimable ! Eh bien ! moi, je vous promets de faire tous mes efforts pour devenir bien sage : vous verrez, vous verrez, je serai le modèle du pensionnat.

FANNY.

Quand commencez-vous, Molly ?

MOLLY.

Aujourd'hui ; et je dirige mes batteries directement sur le prix de sagesse.

JENNY.

Oh ! oh ! l'attaque sera chaude.

FANNY.

Sera-t-elle aussi bien combinée que celle du papillon ?

MOLLY.

Peut-être mieux, ma chère, car je ne le laisserai pas tomber entre vos mains.

FANNY.

Oh! tranquillisez-vous ; de mon côté, vous n'avez rien à craindre : c'est de miss Anna qu'il faut vous défier.

ANNA (*affectant un air d'indifférence*).

De moi?... quelle idée...

FANNY.

Et de miss Mary.

CÉCILIA.

Pour celle-là, il faudrait que ce fût le cœur de ses compagnes qui le lui offrît : oh! alors elle l'aurait.

TOUTES ENSEMBLE.

Oui, oui, elle l'aurait!

ANNA (*avec humeur*).

Quel bruit... (*Se reprenant.*) Je crains, Mesdemoiselles, que vous ne fatiguiez la maîtresse.

MADAME DE LA TOUR.

Rassurez-vous, miss Anna, la bonté et la franchise ne me fatiguent jamais. Mesdemoiselles, j'ai une agréable nouvelle à vous annoncer. Je me souviens de vous avoir promis, la semaine dernière, de vous récompenser si vous travailliez bien celle-ci;

5..

je puis dire, avec satisfaction, que vous avez généralement répondu à mes vœux ; ainsi je vous emmène toutes jeudi prochain à la campagne ; on y apportera le dîner, et nous y passerons toute la journée.

TOUTES ENSEMBLE.

Quel bonheur !... quel bonheur !...

MOLLY.

Comme nous allons nous en donner !...

FANNY.

Dîner sur le gazon !,..

MOLLY.

Sauter, danser, jouer tout le jour !... tout le jour !...

MADAME DE LA TOUR.

Réjouissez-vous bien, mes chères enfants. J'aime tant à vous voir heureuses !...*(On entend le son d'une cloche.)* Mais la cloche m'appelle à l'examen de la semaine. Adieu, mes chères petites, dans un quart d'heure on distribuera les décorations.

## SCENE V.

LES PRÉCÉDENTES (*excepté madame de la Tour.*)

MOLLY.

Dans un quart d'heure !...

CÉCILIA.

Le cœur me bat !...

JENNY.

Je tremble !...

FANNY.

Je suis à l'agonie !...

MOLLY.

Mon mauvais point !...

CÉCILIA.

Il n'y a ici qu'Anna qui ne s'inquiète pas.

ANNA.

De quoi m'inquiéterais-je. Ce n'est pas pour quelques distinctions que je travaille.

MOLLY.

O mon Dieu ! quelle perfection !... Ne pas tenir au ruban de sagesse ! je crois que je mourrais de joie si je le sentais à mon cou.

MARY.

Et moi !... O mon Dieu ! si je pouvais demain.le présenter à mon pauvre père !...

ANNA.

C'est ce qui plairait le plus à mon oncle ; car, dans ta position, l'instruction et les talents que tu pourras acquérir ici ne te seront d'aucune utilité.

**MARY.**

Pourquoi dis-tu cela, Anna ? tu m'affliges ; ne sais-tu pas que c'est pour lui que je fais tant d'efforts? Ayant reçu une bonne éducation, ne pourrai-je pas lui aider dans la direction des affaires, tenir même la correspondance, et, si j'acquiers des talents agréables, quel bonheur pour moi de lui ménager quelques distractions.

CÉCILIA (*lui prenant la main*).

Que vous pensez bien, ma chère Mary! Si la maîtresse vous avait entendu, elle vous aurait donné le ruban.

MARY (*les larmes aux yeux*).

Ah! je sens bien que je ne le mérite pas! la maîtresse est si juste !

MOLLY.

Vous avez raison, elle est bien juste, et même trop, pour mon malheur. Voilà précisément pourquoi je suis toujours à la queue!... Mais aussi, si j'attrape un jour quelque chose, oh! je l'aurai bien gagné. (*Prenant Mary par le bras.*) Allons, ma chère, il faut se consoler et prendre de meilleures résolutions pour l'avenir, comme je fais toutes les semaines.

MARY.

Oui, le drôle d'expédient que vous me proposez là : prendre de bonnes résolutions, et puis n'en tenir aucune.

MOLLY.

Nous les tiendrons, Mary, nous les tiendrons à la fin ; nous serons deux. Certes, voilà une bonne idée que de m'associer une de mes compagnes. Oh ! pour le coup, avec celle-ci, j'aurai toujours le prix de sagesse !... Mais nous perdons notre temps, Mesdemoiselles, y pensez-vous ? Vite, vite, un colin-maillard.

TOUTES ENSEMBLE.

Oui, oui.

FANNY (*à Anna*).

Allons, dépêchons, à vous le bandeau.

ANNA (*froidement*).

Je vous remercie, je ne veux pas jouer.

CÉCILIA.

Eh ! qu'avez-vous donc, Anna ? Vous étiez si gaie ce matin.

ANNA.

Mais... rien... J'ai un grand mal de tête.

MARY (*avec intérêt*).

Tu souffres, ma chère Anna !...

ANNA (*avec humeur*).

Laissez-moi.

FANNY.

Eh bien ! Anna, que faites-vous ?

MOLLY.

C'est un petit oubli, une petite faute d'orthographe comme celle que j'ai faite ce matin à mon résumé. (*On entend le son de la cloche.*)

TOUTES ENSEMBLE.

La cloche ! la cloche ! Ah ! mon Dieu, la cloche !... (*Elles sortent toutes à l'exception d'Anna.*)

## SCÈNE IV.

ANNA (*seule*).

A la fin, me voilà seule ! je peux donc me livrer en liberté à tout mon chagrin !... Ce que je craignais tant est arrivé... Elle l'emporte sur moi ! Quel ton de supériorité elle va prendre !... Et son père, avec quelle joie il ira apporter cette nouvelle à mes parents ! Non, je ne puis supporter une telle pensée... Il faut sortir d'ici... Je vais écrire à maman... Je lui dirai... Quoi ?... De qui puis-je me plaindre ?... Quel mal m'a-t-on fait ?... Est-ce la faute de Mary si j'ai moins d'esprit, si je suis moins aimable qu'elle?... Allons, il faut me vaincre! Oui, ma cousine doit m'être préférée... je dois même la prendre pour modèle... Mais qu'est-ce donc... qui m'agite encore?... Quel monstre est au fond de mon cœur?... Ah! mon père!... ah! ma mère!... pourquoi me faisiez-vous tant de caresses! que ne me punissiez-vous!... Malheureuse maîtresse! c'est vous qui êtes cause de tous les tourments que j'endure!... Non, non, les plus terribles châtiments ne sont rien en comparaison de ce que je souffre!... (*Elle se promène dans la plus grande agitation.*) Si j'écrivais à maman, il me semble que cela me soulagerait... (*Elle s'assied devant une table et écrit.*) « Maman, ma chère maman... je suis horriblement malheureuse... » (*Elle se lève et se promène encore.*) Ma cousine a-t-elle réellement tout le mérite qu'on lui suppose? Comme elle sait se faire aimer !... Sa douceur, ses larmes, tout cela est pour obtenir la préférence sur moi ; et je le supporterais!... Non, non! (*Elle se remet à la table et écrit.*) « Ma cousine est une hypocrite : par ses faux rapports, elle éloigne de moi toutes mes compagnes ; elle influence jusqu'aux maîtresses. Elle est parvenue à me faire exclure de la deuxième classe où elle est montée, et je me trouve au-dessous d'elle. Prenez pitié de votre fille ! venez me chercher, je vous le demande en grâce ! » (*Elle plie sa lettre et y met l'adresse; puis elle se lève et se promène.*) Qu'ai-je fait ? malheureuse !... J'ai accusé ma cousine... ma chère Mary, qui m'aime si tendrement ! Quelle horrible calomnie... et j'en serais capable !... Plutôt mourir !... O mon Dieu ! ayez pitié de moi !... Tous mes maux viennent de ce que je ne vous prie pas du fond de mon cœur... Mon Dieu, secourez-moi !... Je veux me vaincre ; je veux me convertir !... Si l'on venait à découvrir cette lettre ?... Il faut la déchirer ! (*Elle fait le mouvement.*) Non, il vaut mieux la brûler... j'y cours... Mais on vient... (*Elle la cache dans son sein.*

## SCENE VII.

ANNA, MARY, ARABELLE.

MARY (*elle entre en courant*).

Anna ! ma chère Anna ! que je suis heureuse ! tu as la médaille d'application...

ANNA.

Que dis-tu?

ARABELLE.

Oui ; nous vous cherchons depuis un quart d'heure. Allez vite, les maîtresses vous attendent.

ANNA (*se jetant au cou de sa cousine*).

Mary! Dieu! quel bonheur! (*Avec inquiétude.*) Mais toi, tu as quelque chose de mieux?...

MARY.

Moi... rien.

ANNA.

Quoi! pas la plus légère distinction? Pauvre Mary! (*Elle l'embrasse encore.*) Je sens qu'il manque quelque chose à mon bonheur : il faudrait que nous fussions égales.

MARY.

Je ne l'ai pas mérité.

ANNA.

Tu ne l'as pas mérité... et moi!... Non, non, cette décoration ne me convient pas; va, Mary, va dire à la maîtresse...

MARY.

Y penses-tu, ma chère amie? Viens, viens,

j'ai assez de ton bonheur et de ton amitié.
(*Elle l'emmène.*)

## SCENE VIII.

ARABELLE (*seule*).

Ce que ma dit madame de La Tour me
revient toujours à l'esprit; elle paraît mécontente de moi, et je risque de perdre ma
place. Quelqu'un doit m'avoir desservie auprès d'elle; car, lorsque j'y réfléchis, je vois
bien qu'elle a trop d'esprit pour ne pas
comprendre que, dans ma position, il était
impossible d'agir autrement. Et encore je
n'ai pas tout dit... Quand je me rappelle les
scènes que j'ai eues à essuyer... certes il
m'a fallu bien de l'habileté pour me maintenir si long-temps dans un poste aussi difficile!... Et puis, quelle exagération ! La jalousie d'Anna n'est pas une affaire d'Etat; elle
a ce défaut ainsi qu'une infinité d'autres;
c'est une enfant insupportable; d'ailleurs
elle sent que son père est riche, qu'il est
puissant : ce sont là de si grands avantages !... Ah ! ils n'ont pas échappé à madame
de La Tour, malgré les belles maximes

qu'elle étalait tout-à-l'heure; car elle a affec-
té, je m'en suis bien aperçue, de donner
la médaille d'application la première, ce qui
ne se fait jamais... Du reste, je ne crois pas
qu'Anna tienne à rester ici; elle demandera
à retourner chez elle... On le lui accordera;
on ne sait rien lui refuser. Et moi... Ce ne
serait peut-être pas délicat... Cependant, si
madame de La Tour venait à me renvoyer...
Ne puis-je pas questionner Anna? Je ne
l'engagerai pas; oh! non, certainement, au
contraire; mais, si elle persiste... alors... eh
bien! je me proposerai... C'est cela! Comme
madame de La Tour sera attrapée... Mais il
ne faut pas que j'oublie d'envoyer ces bulletins. (*Elle les tire de sa poche et les lit.*)

## SCENE IX.

ARABELLE, ANNA, *celle-ci est dans le plus
grand désordre.*

ANNA (*à part*).

Je ne sais où je suis... ce que je fais...

ARABELLE.

Qu'avez-vous donc, miss Anna? Vous
m'effrayez... Vous serait-il arrivé quelque
malheur?

ANNA.

Le plus grand de tous; c'est d'avoir été votre élève!...

ARABELLE.

Vous m'insultez, miss Anna; songez à qui vous parlez.

ANNA.

A qui je parle? Oh! oh! je ne l'ai pas oublié.

ARABELLE.

J'ai été votre maîtresse; j'ai eu pour vous mille bontés; vous me devez de la reconnaissance.

ANNA.

De la reconnaissance à vous?... de la reconnaissance?... Ah! je ne vous en dois point!... C'est vous qui êtes cause de toutes les peines que j'endure! C'est vous, oui, c'est vous qui, en flattant ma paresse, en négligeant de me punir, m'avez rendu la plus malheureuse de toutes les créatures!... Allez voir Mary, que vous disiez si inférieure à moi... Eh bien! elle l'emporte... Allez la voir au milieu des félicitations de tout le monde!... On lui a décerné le ruban de sagesse; elle monte à la seconde classe!... Ses maîtresses, ses compagnes l'accablent d'éloges, d'amitié... et moi!... Non, non, non, je ne puis supporter un tel affront... Je veux sortir d'ici!...

ARABELLE.

Miss Anna, de semblables emportements mériteraient une punition; si j'use en ce moment d'indulgence, c'est que je ne vois dans tout ce que vous dites que le mouvement de votre vivacité, qui ne vous laisse pas le temps de réfléchir. Vous auriez grand tort de vouloir quitter ce pensionnat.

ANNA.

Que dites-vous? que je reste dans une maison où l'on est si injuste? où l'on élève ma cousine au-dessus de moi?... Elle dont le père est pauvre? Moi, fille de mylord Strafford!... Il me semble la voir!... quelle affectation!... Comme elle me regarderait!... Comme son orgueil devait triompher!... Oui, oui, je veux sortir d'ici!... Je retournerai chez mon père... là du moins, si l'on m'accuse d'ignorance, si l'on me trouve sans esprit, sans talent, je n'aurai pas la honte de voir ma cousine au-dessus de moi!...

ARABELLE.

Que faites-vous, miss Anna? C'est votre malheureuse jalousie...

ANNA.

Moi, de la jalousie?... moi?... Et de qui serais-je jalouse? Est-ce que je ne vaux pas mieux que ma cousine?... Non, non, c'est de l'indignation. On est injuste ici; eh bien! je m'en irai.

ARABELLE.

Quoi! vous renonceriez à tous les avantages d'une bonne éducation?

ANNA.

J'aurai une institutrice.

ARABELLE.

Qui donc?

ANNA.

Vous.

ARABELLE.

Moi?

ANNA.

Oui, vous; si vous voulez m'aider à sortir d'ici.

ARABELLE.

Qu'osez-vous dire? Manquer à ce que je

dois à madame de La Tour!... N'avez-vous
pas d'autres propositions à me faire, miss
Anna? Eh bien! je me retire.

ANNA (*hautement*).

Où allez-vous?

ARABELLE.

Oh! ne craignez rien... Je vais seulement
pour faire porter ces bulletins.

ANNA (*les lui arrachant*).

Des bulletins... des bulletins... Voyons.

ARABELLE.

Rendez-les-moi, miss Anna, je vous en prie.

ANNA (*défait le paquet et cherche dans la plus
grande agitation*).

Ah! voici le mien. (*Elle lit.*) Passablement,
passablement. Caractère, il y a beaucoup à
corriger. (*Elle en ouvre un autre.*) C'est celui
de Mary. (*Elle lit.*) Bien, très-bien... Dieu!
quel éloge... (*Après un moment d'hésitation,
tirant la lettre qu'elle a dans son sein.*) Miss
Arabelle, j'attends de vous une grâce!... Il
faut que vous joigniez cette lettre au paquet
sans que personne s'en aperçoive.

ARABELLE.

Que dites-vous? Non, je ne le ferai pas.

ANNA.

Vous aurez à la maison la place que vous y occupiez. Je vous le promets.

ARABELLE.

Je veux savoir ce que contient cette lettre.

ANNA.

Rien qui puisse vous inquiéter. Allez, allez vite.

ARABELLE.

Je crains...

ANNA.

Hâtez-vous donc... Dieu! si l'on venait à nous surprendre!... (*Arabelle regarde à droite et à gauche, et sort.*)

## SCENE X.

ANNA (*seule*).

Eh bien, donc! elle ne l'emportera pas toujours sur moi!... Dans quelle colère sera mon père!... Et mon oncle!... Je voudrais le voir!... Ah! elle déplorera long-temps l'avantage de m'avoir surpassée!... Je me suis vengée. (*Après un moment de silence.*) Mais d'où me vient cet effroi?... Dieu! comme je tremble!... Je ne puis plus me soutenir!... (*Elle tombe dans un fauteuil. Long silence,*

*D'un air égaré.*) Mary, Mary!... je te vois!
Ta figure est celle d'un ange! Comme tu es
abattue!... Oh! c'est que j'ai porté la désolation dans le cœur de ce père que tu aimes
si tendrement!... Mary, c'est moi qui ai
causé tous tes maux!... Tu m'aimais... Oui,
il n'y a qu'un instant, j'étais encore digne de
ton amitié... mais à présent... (*Elle se lève.*)
Dieu! quel crime pèse donc sur mon âme!...
Je ne peux plus me supporter!... Où irai-je?
partout le remords me poursuit! Il s'est
attaché à mon cœur... C'est Dieu lui-même
qui me punit!... Mais n'y a-t-il plus pour
moi de miséricorde?... Si je pouvais ravoir
cette malheureuse lettre!... Si j'étais encore
à temps... (*Elle va pour sortir.*)

## SCENE XI.

### ANNA, MARY.

#### MARY.

Ah! te voilà, chère amie; on vient d'envoyer un exprès à ton père...

#### ANNA (*vivement*).

Est-il parti? est-il parti?

#### MARY.

Et certainement! Adeste, que faisais-tu là?

6

Tu n'es pas venue à la prière. Je t'ai cherchée partout; je voulais que nous pussions le charger ensemble de nos commissions pour nos bons parents... Mais, qu'as-tu donc?...

ANNA.

Il est parti !...

MARY.

O mon Dieu! Anna !... comme tu es bouleversée ...

ANNA.

Ce n'est rien... ce n'est rien... Laisse-moi seule, je t'en prie...

MARY.

Moi, que je te laisse lorsque tu es dans la peine!... Ah! je souffre autant que toi !... Anna, ma chère Anna! tu as du chagrin, ouvre-moi ton cœur. (*Elle veut lui prendre les mains, Anna la repousse.*) Serais-tu fâchée? t'aurais-je déplu en quelque chose? Je suis prête à te faire mes excuses; ne sais-tu pas combien je t'aime!... Anna, réponds-moi.

ANNA.

Tu m'aimes!... Grand Dieu!...

MARY.

Et tu peux en douter? la compagne de

mon enfance,! mon unique amie !... Si tu
savais combien j'ai été peinée tout-à-l'heure !... Mais console-toi, j'espère que la semaine prochaine, ce sera à ton tour d'avoir
le ruban. Et puis, nous ferons tant, que tu
monteras bientôt : je t'aiderai dans mes mo-
ments de récréation ; il me semble que cela
m'est bien permis. Ah ! qu'il me sera doux
de pouvoir faire quelque chose pour ma
bonne cousine !... (*Elle veut encore l'embrasser, Anna la repousse.*) Ah ! mon Dieu ! que
t'ai-je fait !...

ANNA.

Nous ne devons plus nous aimer, Mary,
non plus... jamais !...

MARY.

O ciel ! que dis-tu là ?... Et en serais-je la
maîtresse ? pourrais-je vivre sans te chérir ?
Oh ! non, Anna !... jamais ton image ne
pourra s'effacer de mon cœur !... je me la
représenterai telle qu'elle était, il n'y a qu'un
instant, lorsque tu me serrais dans tes bras !...
Oui, elle vivra là (*en montrant son cœur*)
autant que la pauvre Mary !...

ANNA (*d'un air égaré*).

Adieu, Mary !... adieu !... Où aller... où

fuir... Je ne puis... (*Elle tombe dans un fauteuil.*(

# SCENE XII.

LES PRÉCÉDENTES, MOLLY, JENNY, FANNY, CÉCILIA, *plusieurs autres élèves.* (*Elles rentrent toutes en sautant. Une maîtresse surveillante dans le fond.*)

### ENSEMBLE.

Récréation! récréation!

### MOLLY.

Amusons-nous! amusons-nous!

### TOUTES ENSEMBLE.

Oui, oui, vite, vite.

MOLLY (*apercevant Anna dans un fauteuil*).

Hé! que faites-vous? Tenez, elle ressemble à un sénateur romain... précisément comme on le représente dans la leçon que nous avons récitée ce matin. Ah! ah! c'est plaisant... Elle a voulu la mettre en pratique! Voilà ce que c'est que de bien étudier!

### JENNY.

Et Mary, voyez-vous comme elle pleure!...

MOLLY (*à Mary*).

Oh! pour vous, vous n'êtes pas dans votre rôle; les Romains ne pleuraient pas comme cela; fi donc! ils étaient graves! c'étaient des hommes! Oh! la maîtresse nous a dit de si belles choses là-dessus, ce matin!... Allons, allons, venez jouer, le temps s'écoule. Les quatre coins! les quatre coins!

TOUTES ENSEMBLE.

Les quatre coins! les quatre coins! (*Elles veulent entraîner Anna et Mary; mais celles-ci leur résistent et restent à leur place.*)

FANNY.

A vous, Molly.

JENNY.

A vous, Cécilia.

UNE ÉLÈVE.

Je suis dehors.

TOUTES ENSEMBLE.

Ah! ah!

# SCENE XIII.

LES PRÉCÉDENTES, MADAME DE LA TOUR. (*Il se fait un grand silence; toutes les élèves saluent.*)

MADAME DE LA TOUR.

Mesdemoiselles, une circonstance malheureuse m'oblige d'interrompre vos jeux. Une de vous est accusée d'une faute très-grave;

6.

ses parents sont déjà ici; ils l'attendent...
Mais le courage me manque pour vous la
nommer... C'est celle dont vous aimiez tant
la franchise et la candeur; celle que vous
regardiez déjà comme une amie... Le dirai-
je... Mary Milrose...

TOUTES ENSEMBLE.

O ciel!...

MARY (*troublée*).

Moi? O mon Dieu! qu'ai-je fait?

MADAME DE LA TOUR.

On ne vous accuse de rien moins que
d'hypocrisie... par vos faux rapports, vous
avez tâché d'éloigner de votre cousine toutes
vos compagnes; vous avez même influencé
les maîtresses, et vous êtes parvenue à empêcher qu'elle ne montât à la deuxième classe,
où elle méritait d'être placée.

MARY (*élevant ses mains vers le ciel.*)

O mon Dieu! ayez pitié de moi!

MADAME DE LA TOUR.

Votre père et votre oncle se sont rendus
ici en diligence, vous allez paraître devant
eux. Jugez quelle doit être leur indignation!... Vous n'osez me répondre, vous
tremblez,

MARY (*avec dignité*).

Non, Madame, non, je ne tremble point, c'est le coupable qui tremble; moi, je ne le suis pas. (*Mettant la main sur son cœur.*) Ma conscience est tranquille, elle ne me reproche rien. Conduisez-moi devant mon père, je lui porterai un cœur profondément affligé, mais toujours pur!... (*Elle se jette à genoux.*) Grand Dieu! vous qui m'entendez, qui nous voyez toutes en ce moment, et qui lisez dans le fond de mon âme, vous le savez, si je suis coupable d'hypocrisie!... Hélas! je ne connais ni la ruse ni l'artifice, et je n'ai jamais su tromper!... faites qu'on reconnaisse mon innocence!... Je ne vous le demande pas pour moi, mais pour mon pauvre père!... ne l'affligez pas davantage! ayez pitié de ses cheveux blancs!... ne lui ôtez pas la seule consolation qui lui reste : l'espérance de trouver en moi une fille digne de lui!

TOUTES LES ÉLÈVES (*se jettent spontanément à genoux et s'écrient ensemble*) :

Grâce! grâce! elle est innocente...

MADAME DE LA TOUR.

Non, non, je suis inexorable. Venez, miss Mary, suivez-moi. (*Elle l'emmène.*)

ANNA (*se précipitant vers elle*).

Arrêtez... C'est moi qui suis coupable...
poussée par la plus affreuse jalousie, j'ai osé
calomnier ma cousine.

TOUTES ENSEMBLE.

Grand Dieu!...

ANNA.

Je suis indigne de miséricorde!... Ma vue
doit vous faire horreur... laissez-moi sortir!

MADAME DE LA TOUR.

Arrêtez, Anna; vous êtes bien coupable,
mais vous le seriez encore plus si vous vous
abandonniez au désespoir; n'oubliez pas
qu'il y a dans le ciel un Dieu qui par-
donne!... Voilà la lettre qui contient cette
horrible calomnie, que vous envoyiez à
votre mère; c'est moi qui m'en suis saisie
au moment où miss Arabelle la remettait
en secret au messager; cette malheureuse,
effrayée, s'est enfuie; aussitôt j'ai fait demander votre père et votre oncle; je les ai
instruits de ce qui se passait, et de mon
projet pour vous éprouver; ils ont frémi à
l'idée d'une si terrible passion... Votre père,
irrité, voulait pour toujours vous bannir de

sa présence; moi-même, j'étais décidée à vous chasser de ma maison; mais l'aveu que vous venez de faire vous a sauvée. Non, Anna, votre cœur n'est point encore mauvais; j'ai l'espérance de pouvoir vous corriger.

ANNA.

Moi, me corriger?... moi?... quelles épreuves faudra-t-il donc subir? y en aura-t-il d'assez dures?...

MADAME DE LA TOUR.

Je ne vous en demande que deux. La première, c'est que vous renonciez, pendant une année, à toutes les distinctions et à tous les prix; la seconde, que vous me rendiez un compte exact de tous les mouvements que cette passion pourra encore exciter dans votre âme; c'est à ces seules conditions que je vous garde; les acceptez-vous?

ANNA.

Non, non, elles sont trop douces!

MADAME DE LA TOUR.

Rapportez-vous-en à moi, vous aurez besoin d'un grand courage pour les supporter; Dieu seul peut vous le donner. Aussi, c'est sur la piété que vous puiserez dans cette

maison, que je compte le plus. C'est elle,
qui, bien comprise, bien entendue, vous
éclairera sur vos devoirs, et vous donnera la
force de vous vaincre. (*A Mary.*) Ma chère
Mary, j'ai paru injuste quelques instants
envers vous; ah! qu'il m'en a coûté!... Je
voulais vous rendre une amie!... Venez dans
les bras de votre maîtresse!... Dieu vous
bénira, ma chère enfant!... Déjà même il
semble avoir voulu vous dédommager de
tout ce que vous avez souffert; mylord,
d'après ce que je lui ai dit, est décidé à vous
assurer un sort heureux.

MARY.

Ah! Madame! quelle reconnaissance!... ce
sera pour mon père!...

MADAME DE LA TOUR.

(*Elle prend Anna et Mary par la main.*)
Allons, mes enfants, que je vous conduise
auprès de vos bons parents; ils vous attendent dans la plus vive anxiété : allons les
rassurer, ils seront heureux tous les deux;
l'un de vous bénir, l'autre de vous pardonner. Mesdemoiselles, profitez bien de la
leçon que vous venez de recevoir. Vous avez

vu les terribles effets de la jalousie. Il en est de même de toutes les autres passions, lorsqu'on ne fait pas des efforts pour les dompter dans leur naissance. Ne vous faites pas illusion; tous ces défauts pour lesquels vous sollicitiez l'indulgence de vos parents, ou de vos maîtresses, sont autant de germes qui se développeraient d'une manière effrayante, si l'on ne se hâtait de les extirper. Tâchez donc d'acquérir cette force d'âme, cette énergie, qui est nécessaire pour vous vaincre et pour vous soumettre au jugement de ceux que Dieu a établis pour vous diriger. C'est ainsi, mes chers enfants, que vous vous préparerez des jours heureux, que vous ferez la consolation de vos familles, et que, par votre exemple, et la douce influence qu'exerce la vertu, vous vous rendrez bonnes et utiles à tous par l'influence salutaire de votre piété, douce, bienveillante et toute de cœur.

LIMOGES. — IMP. DE BARBOU FRÈRES.

BIBLIOTHÈQUE MORALE CHRÉTIENNE

PUBLIÉE AVEC APPROBATION DE Mgr L'ÉVÊQUE DE LIMOGES.

www.ingramcontent.com/pod-product-compliance
Lightning Source LLC
Chambersburg PA
CBHW060840250626
47162CB00005B/2122